ダダ・シュルレアリスム新訳詩集

DADA / SURRÉALISME / POÉSIE

塚原 史　後藤美和子 編訳

GUILLAUME APOLLINAIRE
TRISTAN TZARA
FRANCIS PICABIA
GEORGES RIBEMONT-DESSAIGNES
JACQUES RIGAUT
ANNA DE NOAILLES
JEAN COCTEAU
PIERRE REVERDY
JACQUES VACHÉ
ANDRÉ BRETON
LOUIS ARAGON
PHILIPPE SOUPAULT
PAUL ÉLUARD
BENJAMIN PÉRET
ROBERT DESNOS
RENÉ CREVEL
JACQUES BARON
LISE DEHARME
ANTONIN ARTAUD
GEORGES BATAILLE
RENÉ CHAR
RAYMOND QUENEAU
FRANCIS PONGE
HENRI MICHAUX
JACQUES PRÉVERT
VALENTINE PENROSE
CLAUDE CAHUN
GISÈLE PRASSINOS
JOYCE MANSOUR
AIMÉ CÉSAIRE
RADOVAN IVSIC
ANNIE LE BRUN

思潮社

ダダ・シュルレアリスム新訳詩集

塚原史・後藤美和子 編訳

思潮社

収録作品

†ダダと先駆者たち

ギヨーム・アポリネール ♠
神・18
全体だけが完璧だ・18
蛸・19
ゾーン（抄）・19
ミラボー橋・22
葡萄月（ヴァンデミエール）（抄）・23
小さな自動車・25
写真・26
映画の前に・27
無知・27
トリスタン・ツァラ ♠
ムッシュー・アンチピリンの宣言（抄）・32
ダダ宣言1918（抄）・32
白い巨人は風景のレプラ患者・33
聖女（抄）・35
春・36
月と色をめぐる完全な周遊旅行・36
サーカス（抄）・37
シャンソン・ダダ（抄）・38
近似的人間（抄）・39
海の星への道の上で（抄）・40
一つの道ただ一つの太陽・41
異邦の女（抄）・41

内面の顔（抄）・42
季節・43

フランシス・ピカビア ♠
連発拳銃（レヴォルヴァー）・48
軽薄な痙攣・48
虚無の恐怖・48
マジック・シティ・49
メタル・50
かなり月並みな話（抄）・51
ダダ宣言・51

ジョルジュ・リブモン＝デセーニュ ♦
音楽（抄）・54
アーティチョーク・55

待つこと・55
詩人へ（抄）・56

ジャック・リゴー ♠
AGS・自殺請負総代理店・58
三面記事・59

アンナ・ド・ノアイユ ♠
生者たちと死者たち（抄）・61

ジャン・コクトー ♠
カンヌ（抄）・63
月桂樹への呪い・63
平調曲（抄）・64
地上の世界・65

ピエール・ルヴェルディ ◆
いつもひとり・67
アイロンをかける女・67
現実の味・67
天からの贈り物・68
率直に・68
イマージュ論（抄）・69
それぞれのスレートの上に……・70
過ぎ去った季節・70
影とイマージュ・71
嵐の前・71
交換する言葉・72
手から手へ・73

ジャック・ヴァシェ ◆
トリスタン・イラールの詩・75
私の人生は長く続く腐敗だ・75
ジャン・サルマン宛の手紙　一九一五年八月二十一日付・76
ブルトン宛の手紙　一九一七年四月二十九日付（抄）・77
ジャンヌ・デリアン宛の手紙　一九一七年四月三十日付（抄）・77
ブルトン宛の手紙　一九一八年十一月十四日付（抄）・78
ブルトン宛の手紙　一九一八年十二月十九日付（抄）・79

†シュルレアリスムの創成期

アンドレ・ブルトン ♠

シュルレアリスム宣言（抄）・82
シュルレアリスム第二宣言（抄）・82
シュルレアリスム第三宣言か否かに関する序論（抄）・83
奇妙な肖像画・84
時代・84
蝕（エクリプス）（抄）・85
ひまわり・86
そこから出ることはない（抄）・87
警戒せよ・88
自由な結びつき（抄）・88
戦争（抄）・89
革命三部会（抄）・90
サン・ロマーノへの道の上で（抄）・91
ティキ・92
シャルル・フーリエへのオード（抄）・92

ルイ・アラゴン ♦

澄み切った木曜日・96
青白い人・96
石が割れる・97
イザベル・97
不器用な・98
廃墟で叫ぶ詩（抄）・98
エルザの眼・99
バラとモクセイソウ（抄）・101
エルザへの愛（抄）・102

フィリップ・スーポー ◆
出発・104
私は帰る・104
炎・104
裏箔のない鏡（抄）・105
ルイ・アラゴンは……・106
風なのか・106
ロンドンへのオード（抄）・111
ポール・エリュアール ◆
平和のための詩篇（抄）・113
ここに生きるために・113
雌牛・113
ダダ菓子店・114
マックス・エルンスト・114
無・115
両性の平等・115
恋する女・116
剝き出しの真実・116
一五二の諺（抄）・116
その目はいつも澄み切って・117
最初に（抄）・118
自由を奪われて・118
ニュッシュ・119
全ての女に代わるひとりの女（抄）・119
パブロ・ピカソへ・120
死・121
自由・121

バンジャマン・ペレ ◆
憂鬱なボイラー室 • 126
進め • 126
眠る、眠る、石の中に（抄） • 127
畑の蚤たち • 129
ルイ十六世は断頭台へ • 130
めくばせ • 131
誰かがベルを鳴らす • 132

ロベール・デスノス ◆
ローズ・セラヴィ（抄） • 134
夜だったある日 • 134
詩人の栄えある日々 • 135
今世紀のある子どもの告白（抄） • 136
あまりに君の夢を見たので • 136
もしも君が知っているなら • 137
花束 • 138
シラムール（抄） • 139
赤い小人が…… • 141
横たわる女 • 142
首なしたちへ • 142
ひとつの声 • 144

ルネ・クルヴェル ◆
うなじを露わにしたあの婦人 • 147
雄弁さでは足りない。 • 151
死の橋（抄） • 153

ジャック・バロン ◆
けん玉 • 155

未来・156
ローザ・ルクセンブルグ・156
終わり・157
リーズ・ドゥアルム ♦
空っぽの鳥かご・159
画家・159
スペード(ピック)のハート(抄)・159
夜の蜘蛛(アレニェ)・160
アントナン・アルトー ♠
ジャック・リヴィエールへの手紙の追伸(抄)・162
叫び・162
神経の秤(抄)・163
一九二八年の対話　ブルトンとアルトー・165
ジョルジュ・バタイユ ♠
太陽肛門(抄)・167
墓(抄)・168
「大天使のように」から取り除かれた十一の詩篇(抄)・168
家々・170
窓・171
仮面・171
†シュルレアリスムの展開と拡がり
ルネ・シャール ♠
ラスネールの手・174

詩人たち・174
怒り狂う職人・174
狂乱の詩の使者たち・174
狩猟の気候あるいは詩の達成・175
イプノスの手帖（抄）・176
図書館が燃えている（抄）・177

レーモン・クノー ♠
樫と犬（抄）・181
携帯版宇宙進化小論（抄）・184

フランシス・ポンジュ ♠
三つの詩（抄）・187
蠟燭（ブジー）・187
牡蠣・188
ドアの愉しみ・188
蝶・189
火・189
ひとつの貝殻のためのノート（抄）・190
三軒の店・190
言葉の未来・191

アンリ・ミショー ♠
夢と脚（抄）・193
過去-の-私（抄）・193
次元の危機・194
夜動く（抄）・194
段階（抄）・195
そこにある（イリヤ）（抄）・196
同一の人間・196

ジャック・プレヴェール ◆
帰郷・198
家族の・199
猫と鳥・200
ヴァランティーヌ・ペンローズ ◆
ゴアⅠ・202
ゴアⅡ・203
クロード・カーアン ◆
サディスティックなユディット（抄）・205
美女（抄）・206
止まれ（アレット）！止まれ（アレット）！・206
ジゼル・プラシノス ◆
関節炎のバッタ・208
愛の詩・208
悲劇的な熱狂（抄）・209
ジョイス・マンスール ◆
昨夜　私はあなたの死体を見た……・211
あの人の死の前で……・211
あなたの爪が伸びても……・211
秋になって……・212
私は一本の毒草マンドラゴラを……・212
身を乗り出したら危険・213
エメ・セゼール ♠
文学宣言に代えて（抄）・214

呪術・216
車輪・216
雨・217

ラドヴァン・イヴシック ♠
逆流（抄）・218

アニー・ル・ブラン ♠
ハート抜きのダイヤ（抄）・220
水の中の卵（抄）・220

収録詩篇原語タイトル一覧・222
なぜダダ・シュルレアリスム詩集か？　訳者後記に代えて・230

♠＝塚原史　訳　◆＝後藤美和子　訳

装幀＝田中 勲

ダダ・シュルレアリスム新訳詩集

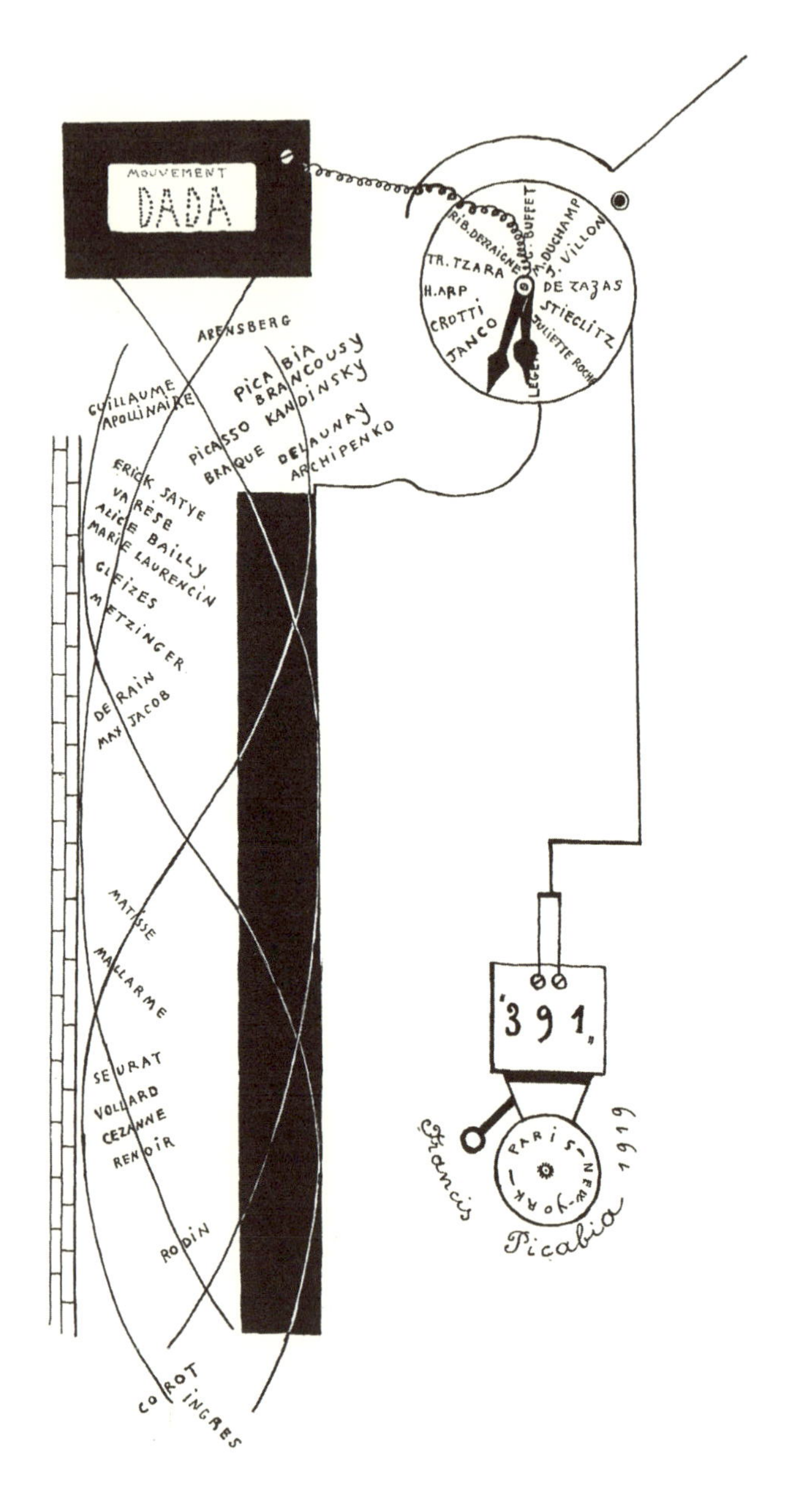

フランシス・ピカビア「ダダ運動」(「DADA 4-5」1919年)

†ダダと先駆者たち

ギヨーム・アポリネール

神

「初期詩篇」1898–

私は力強く傲慢で非人間的な生き方をしたい、
私は神の姿に合わせて創造されたのだから
だがひとりの神として私は運命に従う
運命は私に太古からの本能への悔恨を残し
私の種族に正当で確信をもつ神を予言する。
見たまえ　動物から人間があなたたちのもとに生まれ
神が私の存在のうちに形を取って現れる

全体だけが完璧だ

「初期詩篇」1898–

全体だけが完璧だ。すでに完璧さの一部分である私には
それが見えずそれがわからない。
私は象形文字を、数々の言葉と虚栄を読む

だが真実なのは自然だけだ、異端の魔術書ではない。
ところが、われわれは自分たちの思考の怠慢な奴隷で
自然を内部に抱いていても、それが信じられず
眼はいつも不安げに闘いの旗のほうを見つめている。
だが生命は力強く、われわれが通過したあとでも生き続
　ける

しばしば偽りの書とは知らずに
過去に驚いて、遅れた到着者を崇め
均衡の破れた天空の消えた星宿を拝む。

われわれは過去の時代と思想を否認しよう
誰も知らない大河のほとりで釣り上げよう
陰鬱な深淵を二匹一組で泳ぐ片目の大魚を

そして神々のように裸形であらゆる掟から解放され、
われわれは出発しよう　アナーキストたちとともに
そして磁力を消去された生命に愛の力で打ち勝とう。

蛸

天上界に黒い墨を吹きかけ、
愛するものの血を吸って
美味そうに呑みこむ
あの非人間的な怪物、それこそが私だ。

『動物誌』1911

ゾーン（抄）

『アルコール』1913

最後にお前はこの古い世界に飽きた

エッフェル塔が羊飼い女で橋の群れが今朝メエと鳴く

そんなギリシアローマ風の古代に生き続けるなんてお前
　にはうんざりだ

ここでは自動車（オートモビル）さえもが古風に見える
宗教だけがピカピカの新品で　宗教は
新設の航空機発着場（ポール＝アヴィアシオン）の格納庫みたいに単純そのものだ

ヨーロッパでただひとつ古くさくないのはキリスト教
いちばんモダンなヨーロッパ人はあなた教皇ピオ十世
そして窓という窓から見られて恥ずかしくなったお前は
今朝教会に入って懺悔する気にもなれない
お前が読むのは大声で歌う宣伝ビラにカタログにポスタ
　ーだ
ほらこれが今朝の詩で散文なら新聞がある
二五サンチーム出せば犯罪の冒険に有名人の写真
たくさんの雑多な見出し満載の雑誌が手に入る

私は今朝きれいな街を見た　名前は忘れたけれど
新しくて清潔で朝日を浴びて起床ラッパを吹いていた
部長に労働者に美人のタイピストたちが
月曜の朝から土曜の夕方まで一日四回そこを通る
毎朝三度サイレンがうなり声をあげ
正午には教会の怒りっぽい鐘が吠える
看板や壁に描かれた大きな文字が

案内板や掲示板が鸚鵡返しに叫び出す
それでも私が好きなのはこの産業の街の優雅さ
パリのオーモン＝ティエヴィル通りとテルヌ大通りのあいだの界隈
（…）
いまたったひとりでお前はパリを歩く　群集の間を
乗合バスの群れがうなり声をあげてお前の横を走る
愛の苦しみがお前の喉をしめつける
お前がもう二度と愛されてはならないかのように
（…）
今日お前はパリを歩く　女たちは血まみれだ
それが美人のなれの果てとは思い出したくもない
（…）
いまお前は地中海のほとりにいる
一年中花が咲くレモンの木々の下
ボートでお前は友だちとクルーズする
ニースの男マントンの男あとの二人はラチュルビの男
私たちは深みに蛸の群れを見つけてぞっとする
海藻の間では救世主の姿をした魚〔エンゼルフィッシュ〕が泳いでいる
（…）
お前はプラハの近くの安宿の庭にいる
お前はとても幸せな気分だ　テーブルには薔薇が一輪
（…）
今度はマルセイユだ　山盛りのスイカに囲まれて
今度は〔ドイツの〕コブレンツの巨人ホテルだ
今度はローマだ　一本の日本の枇杷の木の下
今度はアムステルダムだ　美人だと思ったがじつは醜い娘と一緒に
（…）
いまお前はパリで予審判事の取り調べ中だ
犯罪者としてお前は逮捕されたのだ
お前は苦しかったが楽しい旅をしてきた
そしてようやく自分の嘘と本当の年齢に気づいた

二十歳でも三十歳でも恋の悩みに苦しんだ
私は狂人のように生き　自分の時間を使い果たした

お前はもう自分の手のひらを見つめないから私はいつも
　涙を流しそうになる
お前の上に私が愛した女の上にお前を怖がらせたすべて
　の上に

お前は目に涙を浮かべてあの哀れな移民たちを見ている
彼らは神を信じて祈り女たちは赤ん坊に授乳する
彼らはサンラザール駅のコンコース中に彼らの臭いをふ
　りまく

（…）

お前は薄汚れたバーのカウンターの前に立って
不幸な者たちに交じって一杯二スーの安コーヒーを飲む

夜お前は大きなレストランにいる

女たちは意地悪じゃないが誰もが心配事を抱えている
いちばん醜い女でさえ愛人を苦しめてきたのだから

（…）

お前はひとりだ　朝が来る
牛乳配達たちが街中の通りで缶を響かせる

夜は遠ざかる　美しい混血娘のように
偽りの女フェルディーヌか用心深い女レアのように

そしてお前が飲むのはお前の生命のように焼けるアルコ
　ール
お前の生命をお前は飲む　火の酒（オードヴィ）〈生命の水〉のように

お前はオートゥイユの方にむかう　歩いて家に帰りたい
　のだ
オセアニアとギニアの物神像（フェティッシュ）の間で眠るために
形も信仰もちがうがそれでもやはりキリストなのだ
無知蒙昧な望みを支える下品なキリストたち

これでお別れだ　もう会えない

太陽　切断された首

『アルコール』1913

ミラボー橋

ミラボー橋の下をセーヌが流れて
　そして二人の愛の日々も
思い出さなくてはいけないのか
歓びはいつも胸の痛みの後からやって来た

　来ておくれ夜　鳴っておくれ時の鐘
　日々は過ぎてもぼくは残る

両手を重ねて目をそらさずに見つめあおう
　そうしているあいだにも
二人の腕の橋の下を通るのは
永遠（とわ）の視線のひどく疲れたのろい波

　来ておくれ夜　鳴っておくれ時の鐘
　日々は過ぎてもぼくは残る

愛は立ち去る　河の流れのように
　愛は立ち去る
なんてのろまな人生
そしてなんて激しい愛の期待

　来ておくれ夜　鳴っておくれ時の鐘
　日々は過ぎてもぼくは残る

日々が過ぎ七日ごとに週が去っても
　過ぎた時間も
二人の愛も戻りはしない
ミラボー橋の下をセーヌが流れて

　来ておくれ夜　鳴っておくれ時の鐘
　日々は過ぎてもぼくは残る

葡萄月（ヴァンデミエール）（抄）

未来の人間たちよ　私のことを想い出してほしい
私は王たちが終わりを告げる時代に生きていた
つぎつぎと黙って悲しげに王は死んでいった
そして三倍勇敢な者は三倍偉大な賢者となった

九月の終わりのパリはなんて美しかったことか
一夜一夜が葡萄の木となって枝という枝が街中に
輝きをふりまき　上空では私の栄光そのものである
熟した星々が酔った鳥たちについばまれ
夜明けの収穫を待っていた

ある晩人気のない暗い河岸を通って
オートゥイユに帰る途中で私は声を聞いた
それは重々しい声で歌っていたが　遠くから聞こえる
別の澄んだ声の嘆きをセーヌの両岸に届かせるために
時々間を置くのだった

そして私は長いことすべての歌と叫びに耳を傾けた
パリの歌（シャンソン）が夜中に目覚めさせた歌声

私は渇きを感じた　フランスとヨーロッパと世界の都市
よ
どの街もやって来て私の底なしの喉をうるおすがよい

その時私は見た　すでに葡萄畑で酔い痴れたパリが
地上でもっとも甘い葡萄を収穫するのを
葡萄棚で歌うあの奇跡の葡萄の粒だ
（…）
そしてレンヌがカンペールとヴァンヌに応えた
私たちは今パリだ　家々も住人もなじみの街だ
太陽が産んだ私たちの官能のあの葡萄の実が
パリよ　貪欲すぎるお前の渇きをみごとに癒すために捧
げられる
私たちはすべての頭脳と墓場と城壁をお前に提供しよう
（…）
そしてリヨンが応えた　フルヴィエール大聖堂の天使が

『アルコール』1913

祈りの絹糸で新しい天空を織る間に

パリよ　ローヌ河とソーヌ河という私の両唇がささやく
聖なる言葉でお前の渇きを癒せ
その死からはいつも同じ信仰がよみがえる
この地リヨンに聖者を分かち　血の雨を降らせるがいい
幸福な雨　おお温かいしずく　おお苦痛よ
一人の子どもが見ている　窓という窓が開き
顔のついた葡萄の粒が酔った鳥たちに捧げられるのを
(…)
教皇の三重冠が敷石の上に落ちた
高僧たちがそれをサンダルで押しつぶす
おお権威を蒼ざめさせるデモクラシーの輝きよ
野獣たちが屠られる王殺しの夜が来ればいい
雌狼が子羊に　大鷲が鳩に命を奪われる夜
敵対しあう残虐な王たちの群が
永遠の葡萄畑の中でさえお前のように渇きを感じて
地上を脱出して天空へ去るだろう
二度目の千年紀を経た私の葡萄酒を飲み干すために

(…)
戦闘だ　上天気だが恐ろしく眠い
植物が生い茂り動物は交配する　永遠の音楽
運動だ　崇拝だ　神々しい痛みだ
世界がお前たちに似てくる　私たちにも似てくる
世界を私は飲んだが喉の渇きは止まらなかった

だがその時から私は知った　宇宙がなんと美味なのかを
全宇宙を飲み干して私はすっかり酔った
セーヌ岸で私は見た　河が流れ川舟が眠りこむのを

聞いてくれ　私はパリの喉だ
宇宙が私の気に入ればまだまだ飲み続けるだろう

聞いてくれ　宇宙的酔っ払いのための私の戯れ歌を

そして九月の夜はゆっくりと更けていき
橋の赤い灯がセーヌの川面に消えていった
星の光は死んでいったが朝日はまだ生まれていなかった

小さな自動車

『カリグラム』1918

一九一四年八月〔実際には七月〕三十一日
ぼくは夜中の十二時少し前にドーヴィルを出発した
友人ルーヴェールの小さな自動車に乗りこんで

彼の運転手を入れて三人で
ぼくらは一つの時代全体に別れを告げた
怒り狂った巨人たちがヨーロッパの上に立っていた
鷲たちが太陽を迎えに巣を飛び立った
貪欲な魚の群れが深みから昇ってきた
諸国の民衆が自分たちの運命を知ろうと駆けつけてきた
死者たちが暗い墓場の奥で恐怖に震えていた

犬たちが国境の方を向いて吠えていた
ぼくは戦闘中の軍隊の動きと一体となって進んだ
兵士の吐息を　彼らが蛇行して前進する国々を感じた
ベルギーの森や平和な村々　フランコルシャンの
オー・ルージュの急坂と鉱泉とともに

アルデンヌ全域がいつもドイツ軍の侵入路となり
あの鉄道線路では死地に向う人びとが
これを最後と色鮮やかな生活に別れの挨拶を送り
深い深い大海原の底では
難破船の朽ちた残骸の中で怪物たちが蠢く
鷲さえ飛んでいけない高い空が
想像もできない戦場となって
人間はそこで人間と闘い
突然流れ星のように落下する
ぼくは技術をきわめた新人類の誕生を実感した
新世界を建設し構成する新しい人間たち
途方もなく豊かで驚くほど巨大な商人が現れて
驚異的なショーウインドーを配置したのだ
そして巨人族の羊飼いたちが率いるのは
草の代わりに言葉を食(は)む沈黙する家畜の大群
路上では犬という犬がいっせいに吠え立てていた
翌日の午後にようやく
フォンテーヌブローを過ぎて
ぼくらがパリに到着したのは

ちょうど総動員のビラが貼り出された時だった
ぼくら　ぼくと仲間は理解した
小さな自動車がぼくらを
まったく新しい
時代に連れてきたのだと
二人とももう若者ではなかったが
それでもぼくらは新たに生まれたばかりだった

【以下はカリグラム（絵画的に配置された文字群）の部分】

ぼくはこの夜の旅をけっして忘れないだろう　旅行中誰
　もひと言も話さなかった
ああ車のライトが三つとも消えていったあの暗がりの出
　発
ああなんて穏やかだった戦争前夜
ああ村々では深夜零時と一時の間に
蹄鉄工たちが召集されて急いでいた
真っ青な街リジウへ
それとも
金色のヴェルサイユへ

それなのにぼくらの車はパンクしたタイヤの交換で途中
　三度も止まってしまった

『カリグラム』1918

写真

君の微笑がぼくをうっとりさせる
　まるで一輪の花のように
写真の君は森に生える
　茶色のシャンピニオン茸
　そのなんという美しさ
　そこに振られた白粉は
　平和の庭に射し込んだ
　ひとすじの月の光そのものだ
噴水が溢れ悪魔が取り憑いた庭師たちが群れる庭
写真の君は激しい愛のマグネシウムの煙
　そのなんという美しさ
　そして君の中では
　　物憂げな声が

写真に映っている
　そこから聞こえてくるのは
　古代の単調なメロペの旋律
写真の君はものかげだ
　太陽のものかげ
　そのなんという美しさ

「北＝南」2号、1917

映画の前に

そうそれから今夜は外出しよう
映画に行くんだ

ところでアーティストとはいったい何者
彼らはもう美術にはげむ者ではないし
詩や音楽のような芸術に専念する者でもない
アーティストとは男優（アクター）や女優（アクトレス）のことだ

だからもしぼくたちがアーティストだったら
シネマなんて言わないで
シネって言うだろう

でももしぼくたちが地方の老教授なら
シネともシネマとも言わないで
シネマトグラフって言うだろう

だから面倒だが要はセンスを磨くことさ

『イリヤ』1925

無知

　イカロス
太陽よ、ぼくは若いから、あれはお前のせいだ
幸運をつかむためにぼくは自分の影を捨てた。
残念ながら、ぼくにはもう夜空の星ほどの影もない
ぼくは無限の広がりのなかでただひとり思索する。

ぼくの父は迷宮の迷路を教えてくれた
それから地球の科学も　そして父は死んだ
それ以来ぼくは移ろいゆく天空についての
いにしえの恐れを長年探究し生の草ばかり食べた。

神託はたしかにそんな情念を認めなかったが
結局ぼくに干渉した神はいなかった
恭しい気持ちでぼくは苦労して二つの翼を完成させ
裸の両肩にわずかな蠟で張りつけた。

そしてお前太陽の輝く顔めがけて飛び立つと
いくつもの地平線が眼下に広がった
リビアの砂漠から黒海の沼地まで
ナイルの源流から極北チューレの霧氷まで

太陽よ、ぼくはお前の輝く顔を愛撫したい
お前の比類のない炎を目を閉じて受け止めたい
天上の存在となったイカロスはアルシッド〔ヘラクレス
　の幼名〕より神々しく

彼が燃やす薪はお前をまぶしくさせるだろう

一人の牧人

私は見た　横長の形の神々しいものが太陽の下を漂うの
を
それが最初の眼に見える神なら飛び去るがよい
もしこの神秘が死にゆく神だったなら
私たちの川沿いから離れて地に落ちるよう祈ろう

イカロス

太陽　お前の不義の母である夜を避けるために、
循環する善良な神よ、ぼくは雲の間を浮遊する
荘厳な星の夜が訪れる地上から遠く離れて
夜よ　未知なものの中でももっとも未知なもの。
そしてぼくはお前太陽の熱を切望して生きるだろう。
けれども、ぼくの愛する太陽はぼくの身体を神の火で燃

やす
無知から神となることを望んだぼくの身体とそして天空を燃やす！
人間たちよ！　ぼくはまぶしくて回転しながら落下する

舟頭たち
神のようなものが海に落ちてきた、それは裸形の神、
溺死者のように両手を拡げて小島に流れ着くだろう
そして輝く太陽に顔を向けて腐り果てるだろう。
二つの翼はイオニアの空からひらひらと舞い降りるのだ

解説

ギヨーム・アポリネールは一八八〇年八月二十六日ローマで生まれ、一九一八年十一月九日パリで三十八歳で歿した。一九一六年フランス国籍を取得するまでの本名はギヨーム・アルベール・ウラジーミル・アレクサンドル・アポリネール・コストロヴィツキー（通称コストロ）。母親アンジェリカはポーランド系貴族の娘だが父親は不詳（イタリア軍人とされる）。カジノのホステスだった母親と幼少期を南仏で過ごし中学では優等生だったが、ニースの高校でバカロレア（大学入試）に失敗、十九歳で弟とベルギーのスタヴロに滞在（外国人登録証によれば「身長一六五cm、金髪」）、その後貴族の娘の家庭教師となりベルリン、ウィーン、プラハなどを転々とし、二十世紀初めにパリに定住、文筆生活を始め、短編小説や美術評論を雑誌に寄稿した。次第に知名度が高まり、ピカソ、マックス・ジャコブらと交友、一九〇七年に画家マリー・ローランサンと出会い、熱愛。一九一〇年短編集『異端教祖株式会社』でゴンクール賞候補となるが落選、一九一一年にはルーヴル美術館のモナリザ盗難事件で誤

認逮捕され、一週間拘束された。一九一三年、詩集『アルコール』と評論集『キュビスムの画家たち』で名声を博し、アヴァンギャルドの推進者として高く評価される。その後未来派のマリネッティ、チューリッヒ・ダダのツァラとも交流。翌年第一次大戦開始直後に志願し従軍、砲兵伍長となりフランス国籍を得る。一九一六年五月、戦場で頭部に貫通銃創、一命を取り留め、軍服に頭に包帯姿でパリのカフェに出没。一九一七年六月には戯曲『ティレジアスの乳房』を上演、序文で「シュルレアリスム」の語を最初に用いた(『パラード』では「シュル＝レアリスム」)。同年十一月には歴史的講演「エスプリ・ヌーヴォーと詩人たち」を行う。一九一八年四月詩集『カリグラム』を出版、五月にジャクリーヌ・コルブと結婚したが(ピカソらが証人)、十一月九日当時大流行のスペイン風邪で死去した(ペール・ラシェーズ墓地に埋葬)。二日後の十一月十一日、ドイツが無条件降伏し、一次大戦が終わった。母も翌年歿。

アポリネールは、家庭教師時代のアニー・プレイドン、列車内で出会ったマドレーヌ、ローランサンやルー(ルイーズ)ら詩作に名を留める女性との関係で知られるように、恋愛詩人、抒情詩人のイメージが強いが、若い頃はアナーキズムに共感、その後も錬金術や民族学に接近し死と再生の「非人間的」円環を着想するなど、近代合理主義を越える知性の探求者でもあったので、今回の新訳ではそうした作品にも光を当てた。

「初期詩篇」は中高生時代のノートから発見され、一九六五年のプレイヤッド版全集に収録された。非人間的な神の全能性と掟を打破するアナーキーへの憧憬が強く表れている。『動物誌』中の「蛸」にも「非人間的な怪物」としての自負がうかがえる。

『アルコール』は二十世紀フランス最高の詩集の一つで、句読点を一掃した試みでも知られる。冒頭の「ゾーン」(抄訳)は、パリの朝の情景に詩人の過去の遍歴を重ねあわせたばかりでなく、プリミティヴな彫像への共感と首を切断された太陽という強烈なイメージのうちに近代性の限界を直観した作品で、この切断は思想家バタイユ経由で岡本太郎「太陽の塔」に影を落としている。

「ミラボー橋」はローランサンとの別れの追憶を色濃く

反映した詩篇で、コクトーの「耳……」とともに日本で最も有名なフランス詩である。「来ておくれ夜……」と訳したリフレーンは願望と仮定（「夜が来れば……」）の両義に読めるが、同様の強調表現は冤罪で収監中の詩「サンテ監獄にて」にもあり（「時間はなんてゆっくり過ぎるんだろう」）、アポリネール自身の朗読録音の訴えるような口調からも定訳通り願望とした（窪田般彌訳では「夜よこい　鐘もなれ」）。

「葡萄月」（抄訳）は詩集末尾に位置し、深夜から夜明け前までを描いて「ゾーン」に接続するので『アルコール』全体が円環的構造となっている。革命暦の題名が示唆するように、そこでは時代の変貌を告げる「王殺しの夜」が「宇宙的酔っ払い」である詩人の深酒とともに進行し、朝日の昇る直前で現実に帰る。

「小さな自動車」は歿年の詩集『カリグラム』中の作品で、第一次大戦前夜にノルマンディを出て翌日総動員令のパリに着くまでの歴史的ドライブの叙事詩的記録である（ルーヴェールは作家・風刺画家）。冒頭の日付は七月三十一日が正しいが、アポリネールは終生訂正しなかった。詩人は「怒り狂った巨人たち」が陸海空で膨大な数の兵隊と最新の技術を動員する大戦争が「まったく新しい時代」をもたらすことを実感した。彼は戦争を自己証明の機会とみなしたので反戦派ではなく、同じ詩集の「戦争の驚異」では「夜を彩る照明弾はなんて美しいんだろう」と書いたが、機械と速度の未来派的美学がこの大戦で結びついたのは事実だ。

短詩「写真」（一九一五年マドレーヌに送った作品）と「映画の前に」（詩集『イリヤ』に収録）は、アポリネールの同時代の表象文化への関心を反映し、写真という「ものかげ」が現実に代わる時代が予告される。

「無知」は死後出版の『イリヤ』に収録されたが初出は一九一四年、太陽に接近しすぎて墜落したイカロスの冒険に詩人の無謀な企てを重ねあわせている点で、初期詩篇のイメージに通じるものがある。「ゾーン」最終行もそうだが、詩人の太陽への執着は彼の作品を貫く重要な軸である（「アポリネール」は太陽神アポロンに通じ、アポロンはオルフェの父でもあった）。♠

トリスタン・ツァラ

ムッシュー・アンチピリンの宣言（抄）　1916

DADAはおれたちの強烈さだ。理由（わけ）もなく持ち上げるのは、銃剣にドイツの赤ん坊のスマトラ頭だ。ダダはお上品なスリッパも、交わらない平行線もいらない人生だ。統一ってやつには反対でもあり、賛成でもあり。でも、未来には断固として反対する。おれたちは賢くも知っている。おれたちの脳髄が柔らかいクッションになってしまうこと、おれたちの反ドグマ主義がお役人とおなじくらい排他的なこと、おれたちが自由じゃないってことを。だから、おれたちは叫ぶ、自由と。それこそ、規律も道徳も抜きの厳しい必然性だ。それから、人類ってやつらに唾を吐く。

DADAは、弱々しさというヨーロッパ的な額縁の内側にとどまっている。そいつは、まったくクソッタレなことだが、おれたちは色とりどりのクソをして、芸術という名の動物園を領事館の万国旗で飾り立てたいのだ。おれたちはサーカスの団長だから、縁日の祭りを吹き抜ける風にあわせて口笛を吹く、修道院、娼婦宿、劇場、現実、感情、レストランに入りこんで。オーイ、オーオ、バン、バン。（…）

ダダ宣言１９１８（抄）　1918

（…）

☞DADAは何も意味しない

（…）

DADAの嫌悪のあらゆる手段を用いた激烈な闘争の始まり。家族の否定を可能にする嫌悪のあらゆる産物、それが*dada*だ。全存在を賭けた破壊行為による握り拳の抗議、DADA。恥じらう性〔女性〕によって今日まで放棄されてきた、安易な妥協と礼節のあらゆる手段の認識、DADA。論理の廃止、不能者たちによる創造のダンス、DADA。あらゆる階級秩序と、おれらの召使たちによって設定された価値の社会的平等、ＤＡＤＡ。個々のオブジェ〔物体・対象〕とすべてのオブジェ、感情と暗闇、平行線の出現と精密な衝撃は、闘争のための手段だ、ＤＡＤＡ。記憶の廃止、ＤＡＤＡ。考古学の廃止、ＤＡＤＡ。預言者の廃止、ＤＡＤＡ。未来の廃止、ＤＡＤＡ。自然発生性から直接生まれたあらゆる神への、議論の余地のない絶対的な信仰、ＤＡＤＡ。ひとつの調和世界から別の球体への、偏見のない優雅な飛躍。録音盤の叫びのように投げ出された言葉の軌跡。すべての個性をその一時的な狂気の状態で尊重すること。真剣で、不安げで、内気で、激しく、活発で、断固として、熱狂的な狂気。自分の教会から不要で重苦しい、あらゆる飾りをはぎとること。光り輝く滝のように、無愛想な、あるいは愛情深い思考を口から吐き出すこと。または、それをいつくしむこと――どちらでも変わりはないという、強い満足感とともに――育ちのよい血を吸う虫たちのいない茂みの中の、同じ強烈さとともに。茂みは、大天使たちの身体と自分の魂の光で金ピカだ。自由。ＤＡＤＡ　ＤＡＤＡ　ＤＡＤＡ　痙攣した苦痛の吠え声、対立物とあらゆる矛盾のからみあい、グロテスクなもの、支離滅裂なもののからみあい、生だ。

『詩篇25』1918

白い巨人は風景のレプラ患者

塩が真綿の腫瘍の上に鳥たちの星座の形に結集して
彼の二つの肺の中でヒトデと南京虫が揺れ動き
黴菌がブランコ乗りの筋肉付き椰子の木の形に結晶する
ボンジュール紙巻煙草がない　ツァンツァンツァガンガ
ブズドゥック　ズドゥック　ンフンファ　ンバーンバ
ー　ンフンファ
巨大な海藻マクロシスティスが輪になって船の群れに巻きついて
　船の外科医は湿った清潔な傷跡になる
まぶしい光線たちは怠け者で
船の群れは　ンフンファ　ンフンファ　ンフンファ
ぼくが彼の両耳に蠟燭を突っこむと　ガンガンファ
　大型のチューバかボクサーだ

バルコニーではホテルのヴァイオリンがバオバブの樹み
　たいに燃えあがり
焔が海綿のかたちにひろがる

焔は海綿だ　ンガンガ　だからひっぱたけ
梯子が血潮のように上昇する　ガンガ
羊歯類の葉たちは木の生えない草原をめざし　ぼくの
　偶然は滝の多い地方をめざす
焔はガラス製の海綿で藁布団には傷がつく
　藁布団
藁布団が落ちていく　ワンカンカ　アハ　ブズドゥック
　蝶々
鋏　鋏　鋏　そして影だ
鋏たちと雲たち　鋏の群れ　船の群れ
温度計が赤外線を見つめる　ガンバババ
ベルト姉さん　ぼくの家庭教師　ぼくの尻尾は冷たくて
モノクローム
　ンフア　ルア　ラ
茸はオレンジ色で音たちの家族は船の右舷の向こう側へ

起源のほうへ　起源のほうには三角形と旅人たちの樹
起源のほうへ
ぼくの脳髄は双曲線のほうへ立ち去る
怠け者が彼の頭蓋の箱に集まってくる
ダリブリ　オボック　そして落ち(トンベ)た落ち(トンベ)た　彼の腹は大
　太鼓だ
ここで長調(メジャー)のドラムと拍子木が割って入る
だって　彼の魂の上にはジグザグとたくさんのルルル
　ルルルルルルルルがあるから
　ここで読者が叫び始める
彼は叫び始める　叫び始める　そしてその叫びにはたく
　さんのフルートがあって　増えすぎると珊瑚の群れに
　なる
読者はたぶん死にたいと思うか踊りたいと思い　叫び始
　める
読者はやせっぽちで白痴で汚くてぼくの詩を理解しない
　から　彼は叫ぶ
彼は片目だ
彼の魂の上にはジグザグとたくさんのルルルルルがあ

る
ンバーズ　バーズ　バーズ　バーズ　海の中の三重冠（ティアラ）を
　見ろ　そいつはほどけて黄金の海藻になる
ンフンダ　ンババーバ　ンフンダ　タタ
ンババーバ

聖女（抄）

『詩篇25』1918

石ころだらけの海の形成　樹形図でたどる祖先
増殖するのはぼくの想い出　ギターの中の震え　ぼくの
　想い出
黒人の部族カフル　サーカスの道化　草食獣ヌーが機械
　の歯車を花輪で飾り立てる
天使が薬品の中で液体になって　不協和音が
避雷針（パラトネール）によじ登って豹（パンテール）になる　船団　歯車　それらを
　吸い込む七色の虹
音　すべての音と聞こえない音とすべての音が凝固する
ぼくの大切なひと　もし音のせいで気分が悪くなったら
　丸薬を飲まなくてはいけないよ
内面の集中　言葉たちがきしんだ音を立ててつぶれて
電気ウナギの放電がパチパチすると　水が引き裂かれ
る
馬たちが湖水の連結を横断する時
すべての戸棚がきしんだ音を立てる
戦争
あそこだ
ああ　花崗岩に変身して固すぎて重すぎて母親には抱け
なくなった新生児　結石手術をする医者の歌が膀胱の
石を砕いて　医者はそこにリラの花と新聞紙を突っこ
む
沈黙　硫黄の歌
熱病　チフス　沈黙
心臓　柱時計　黴菌　砂　毒草マンドラゴラ
（…）

春

ハンス・アルプに

真夜中の底で花瓶に子どもを入れる
そして傷口
爪の美しいきみの指でできた羅針盤
雷が鳥の羽に落ちて見えてくる
悪い水がレイヨウの脚から流れ出す

下流で苦しんできみたちは牝牛や鳥を見つけたかい？
喉の渇き　檻の中の孔雀の胆汁
亡命中の王様が井戸の光でゆっくりとミイラになる
菜園に
バラバラにちぎれた飛蝗(バッタ)をまき散らし
蟻たちの心臓を植えつける　塩入りの霧　ランプが一つ
　空にむかって尻尾を引く
逃走する鹿たちの腹の中にはガラス器具の細かいかけら
橋の上では短くて黒い木の枝が一つの叫びのために

『詩篇25』1918

月と色をめぐる完全な周遊旅行

『ぼくらの鳥たちについて』1929

鉄の眼が黄金に変わるだろう
磁石がぼくらの鼓膜を飾り立てた
見て見て　ムッシュー　おとぎ話みたいな祈りのために
トロピカル
エッフェル塔のヴァイオリンと星たちの鳴らすベルの上
　で
オリーブの実がふくらんでパックパックいたるところで
　左右対称に結晶するだろう
レモンの実
十スーのコインが一枚
日曜日たちが輝きながら神を愛撫してダダが踊る
穀物を分け合いながら
雨
新聞
北の方へ
ゆっくりとゆっくりと

全長五メートルの蝶々たちが鏡のように砕け散る
夜の河が火を噴いて飛ぶように上昇する
銀河めざして
光の道　不規則な雨滴の髪の毛
そして空を飛ぶ人工キオスクがきみの心臓で夜を明かす
きみが思うとぼくには見える
朝方に
叫ぶのは誰
細胞が膨張する
橋が長く伸びて空中に立ち上がって叫び
磁極の周りに光線が孔雀の羽のように整列する
北極光
そして滝だ　見えるかい？　ひとりでに発光して規則正
　しく落下する
北極では一羽の巨大な孔雀がゆっくりと太陽を拡げるだ
　ろう
南極には蛇を食べる色たちの夜があるだろう
滑る　黄色
神経質な
鐘たち
黄色を明るくするために赤が歩き出すだろう
どうやってとぼくがたずねると
底なしの海溝が吠える
主よ　ぼくの幾何学

サーカス（抄）

1917 執筆／『ぼくらの鳥たちについて』1929

1

きみも星になった
ポスターから抜け出した象
巨大な眼球を見ろ　光線がカーブして地上に落ちている
テントの下しか見ていない眼
青白い光の下で筋肉の力は重くて鈍くて
いくつかの実例を示してぼくらに確信をあたえてくれる
軽業師たち　時には道化師たちの正確さは
待たなくてはならないのか？

体の形を歪める遠近法
この薄明かりの中ではそれも感動的だ
ここから遠く離れて
見えない手が手足を捻じ曲げる
鋼（はがね）の先端の黄色いしみのすべてが数センチ近づく
サーカスの円の中心に
誰もが待っている
上の方から垂れるロープ
音楽
あれがサーカスの団長だ
団長は自分の満足を見せようとしない
彼は正しい

シャンソン・ダダ（抄）

1921 執筆／『ぼくらの鳥たちについて』1929

2

ダダイストのシャンソン

陽気でも陰気でもなかった男だが
女の自転車乗りと愛の交わり
陽気でも陰気でもなかった女だが

でも夫は新年元旦に
すべてを知って発作を起こし
二人の死体をヴァチカン宛に
三つの鞄で送ったとさ

愛した男も
女の自転車乗りも
もう陽気でも陰気でもなかったとさ

美味しい脳味噌食べなされ
あなたの兵隊洗いなされ
ダダ
ダダ
水を飲みなされ

近似的人間（抄）

グレタに　一九二五〜一九三〇

『近似的人間』1931

1

重苦しい日曜日は沸騰する血液を覆う蓋となり
その筋肉の上にうずくまる一週間の重さが
再び見出されたそれ自体の内面に落下する
鐘たちは理由なく鳴り　そして私たちもまた
鐘たちを理由なく鳴らせ　そして私たちもまた
私たちは鎖の音に歓喜するだろう
鐘たちとともに私たちが自分の内面で鳴らす鎖の音に

＊

私たちを鞭打つあの言語は何か　私たちは光の中で跳び
　はねる
私たちの神経は時の両手に握られた何本もの鞭だ
そして疑いが片方だけの色のない翼で飛んできて
私たちの内面で締めつけられ押さえつけられて砕ける
破られて皺くちゃにされた包装紙のように
別の時代へすり抜けた棘のある魚たちの贈り物のように

＊

鐘たちは理由なく鳴り　そして私たちもまた
果物たちの眼が私たちをしげしげと見つめ
私たちのすべての行動は見張られて隠しようもない
川の流れは川底を何度も洗って
引きずるような二つの視線を運び去る

流れは酒場の壁の足元で多くの人生を舐め
弱者たちを誘い恍惚感が枯渇した誘惑に結びつき
昔から伝わる山積みの異本の底に穴を開け
囚われた涙の泉を解放する
息の詰まる日常に隷属してきた泉たち
（…）
川の流れは川底を何度も洗って
なめらかな波の上を光さえもが滑っていき
石が破裂する重々しい音とともに深淵に落下する

(…)

海の星への道の上で(抄)

フェデリコ・ガルシア=ロルカに捧げる

『勝利の真昼』1939

世界の孤独の上をどんな風が吹けばよいのか
親しい存在を想い起すために
時の重苦しい狩りの彼方で
死によって吸いこまれた脆い悲しみたち
突然の嵐はあっけない終わりを楽しみ
砂はもう強硬な物腰を和らげようともしなかった
(…)
寒さが引っ掻く
恐怖が昇ってくる
木が乾く
人間がひび割れる
鎧戸が音を立てる
恐怖が昇ってくる

街頭から子どもを連れ戻すためには
どんな優しい言葉もじゅうぶんではない
(…)
「アルカチョファス〔チョウセンアザミ〕 アルカチョファス」あれは私の美しいマドリッド
錫の眼と果物の香りの声の街
すべての風に開かれた街
(…)
開いておくれ　終わりのない心よ
星たちへの道が砂のように海の歓びのように
果てしない君の生命(いのち)に通じるように
君の生命が明日の人間の輝く胸に太陽をもたらすように
今日の人間は海の星への道の上に
生命を予告する標識を立てた
生命は生き続けなくてはならないのだから
死にいたるまで鳥が自由に選んだ飛翔
そして石と時代の終わりまで
眼は世界のただひとつの確実性の上に注がれ
そこからは地面を削り取る光線が溢れ出る

一つの道ただ一つの太陽

短刀が立っている
私たちには息吹が欠けている
鳥の群れは再び飛び立ち
出発は取り消された
石の年が私たちに襲いかかった

私は見た　何と多くの煙幕が張られ
春が中断されるのを
濃霧の鎖が
小屋の上で断ち切られ
自由が失われるのを

私は苔の上を歩く
耳には何も聞こえてこない
いくつもの沈黙を越えて
夜がやって来た
栗の実のように丸い夜

夜は一人の男の話をした
夜は夢の真似事をして
私たち貧しい者に
太陽の光をあたえた
私たちは山脈より豊かだ

そして私は星を追いかけ
歓びの在り処を察した
ミントの茂みの奥から聞こえる言葉
私の内側で光る
あの空間は何だろう

『地上の地』1946

異邦の女（抄）

3

子ども時代について優しげに

『ひとり語る』1950

私は言おう　それは羊毛だったと
手に手を取って
私の声は失われた
不透明な朝が
私を木の根と見まちがえればよい
木の葉の眼のせいで
私は自分の眼差しを失う

自分の子ども時代を
私は他の子どもにゆだねた
その子たちを見ると誰もが
食べ物をほおばって笑い転げるだろう

私という女は最後に笑うだろう
ひとりで声も立てずに
私を受け止めておくれ
柔らかい羊毛の手で

内面の顔（抄）

『内面の顔』1953

1

村の根の石の持続の中心に
私は見た　憂鬱が石を編むのを
野生の輝きの真ん中で
ライ麦の眠りに混ざった恐怖の唇

愛はお前の森に愛はお前の小道に向う
一羽の燕の落下　敗北の大地の青春
お前は灌木の細かい裂け目を集め
夜ごとに木の葉が黒ずんでゆく

お前はガラスの記憶をもつ私たち人間に何をしたのだ
短剣に刺されて大時計から転落した記憶
雲の下で昼ごとに針の頭で磨かれた記憶
私たちの踵から逃げてゆく言葉とは触れ合うこともない
（…）

私は嘆かないし裁きもしない
すべてはそこ戴冠の少年時代に座っている
煙のように立ち去る急ぎ足の旅行者が
わずかな小銭が散りばめられた休息を落としていく
お前は街道に苦い味わいの手を差し出せばよい
鳥たちは自分たちの無実を見捨てた

すべてはそこ戴冠の少年時代に座っている
曲がり角ごとの驚き
（…）

『まさに今』1961

季節

すべてがはっきり見えていたのに
誰も知らなかった　単調で巨大な虚無に
私が向かって行くとき　いったいなぜ
私がそこから苦しい人生を汲み出していたのか

ああ　優しくてゆっくり進む若さは
ほとんど中断されることがない
樹木の歓びの時間に
笛たちは雲の高みにまで昇っていく

君たちの約束は散り散りに離れて
木々の梢へと向かう
私は地上に再び足を踏み出し
そして私は今の時に生きる

解説

　トリスタン・ツァラは、一八九六年四月十六日ルーマニア北部の小都市モイネシュティに生まれ、一九六三年十二月二十四日パリで六十七歳で歿し、モンパルナス墓地に埋葬された。本名サミュエル・ローゼンストック。高校生時代からフランス語の詩作を志し、ブカレスト大学（中退）では文化人類学の国際的研究誌「アントロポス」を読んでいた。第一次大戦（一九一四～一八年）が始まると親の希望もあり一九一五年秋スイスのチューリッヒ大学に留学（哲学・数学専攻に登録）、この頃からトリスタン・ツァラと名乗る（後年正式に改名）。一六年二月、ドイツの亡命詩人フーゴ・バルが開いた文芸カフェ「キャバレー・ヴォルテール」（現存）で、アルプ、リヒターらと反芸術運動ダダを開始、DADAの命名はツァラによる。同年七月の最初のダダ宣言と一八年の宣言で「破壊と否定」と「無意味」のメッセージを世界に発信した。ダダの代表的詩集には『詩篇25』、『ぼくらの鳥たちについて』などがある。ツァラのダダはアフリカ、オセアニアなどの先住民の文化を意識的に取り入れ、西欧近代への根源的批判を企てたものだったが、その端緒はブカレスト時代に遡る。

　第一次大戦が終わると、ピカビアやブルトンの強い勧めで一九二〇年一月パリに移住、パリ・ダダの中心人物となり、同年五月のフェスティヴァル・ダダにはジッド、ヴァレリーらもやって来た。その後、「帽子の中の言葉」（新聞記事の切り抜きを無作為に組み合わせる詩作法）など無意味なパフォーマンスを繰り返すツァラと自動記述など無意識の探求に傾くブルトンとの対立が激化、翌年五月の「モーリス・バレス裁判」で二人は決裂し、パリ・ダダは解体に向かう。いったん孤立したツァラはピカソ、ミロら画家との交流を深め、長篇詩『近似的人間』で新たな境地を開くが、やがてフランス共産党系の革命的作家芸術家協会に接近、三〇年代には文化擁護パリ作家会議からスペイン市民戦争にいたる政治活動に参加、第二次大戦（一九三九～四五年）中はフランス国内にとどまって、南部で対独レジスタンス闘争に関わるが、その間も『第二回ムッシュー・アンチピリンの天上冒険』を出版するなど、ダダとの連続性を意識し続けた。

戦後一九四七年にようやくフランスに帰化、同年のソルボンヌ（パリ大学）の講演『シュルレアリスムと戦後』で、戦時中アメリカに亡命したブルトンたちシュルレアリストを批判した。ツァラは五〇年代にハンガリー動乱を現地で体験したことからソ連の軍事介入に疑問を抱くが、結局終生離党しなかった。最晩年には中世の詩人ヴィヨンのアナグラム研究に没頭するが成果は得られず、むしろ死の前年ローデシア（当時）に招待されるなどアフリカ芸術の専門家としての評価が高まった。コミュニストとして死んだツァラは生涯ダダイストであり続けたのだろうか、疑問は残されたままだ。

今回の新訳では、ツァラの最も有名な著作である一九一六年のダダ宣言から始め、ダダ詩篇以外にも三〇年代以降の政治参加から晩年にいたる作品を収録した。

「ムッシュー・アンチピリンの宣言」（一九一六年、抄訳）はチューリッヒ・ダダ最初のテクストであり、ダダのサーカス的性格が強調されている。初出は朗読。「ダダ宣言1918」（一九一八年、抄訳）はチューリッヒ・ダダの雑誌「DADA3」に掲載され「ダダは何も意味しない」というメッセージが世界を駆けめぐり、パリのブルトンらを興奮させた。こちらも初出は朗読。「白い巨人は風景のレプラ患者」（一九一八年）は最も著名なダダ詩集『詩篇25』の巻頭詩篇で、読者を当惑させる挑発的な性格が突出している（レプラはハンセン病で、ツァラは一九二二年の講演でダダは難病のようなものだと語っていた）。

「聖女」（一九一七年初出、抄訳）の花崗岩に変身して……母に抱けなくなった新生児はダダのイメージそのものだが漱石『夢十夜』の第三夜（父と子）を想起させる。「春」（一九一七年初出）の、真夜中に子どもを花瓶に入れるという不気味な描写は、ダダイスト・ツァラの秘教的で錬金術的な意外な内面性を暗示しているようだ（日本文学では高村薫『太陽を曳く馬』に引用あり）。

「月と色をめぐる完全な周遊旅行」（一九一六年初出）はルーマニアからチューリッヒに同行した友人の画家ヤンコの作品に添えられたもので、プリミティヴなイメージとは異なる宇宙的発想が縦横に展開されている。収録詩集『ぼくらの鳥たちについて』の初版刊行は一九二九年パリだが、収録作品は一九一二年から二二年の執筆（坂口安吾が一九三一年に『我等の鳥類』と題して抄訳）。

「サーカス」（一九一九年初出、抄訳）は『鳥たち』の巻頭詩篇で、最初のダダ宣言のサーカス性との連続が読み取れる。ツァラはサーカスの団長だと自負していた。

「シャンソン・ダダ」（一九二一年初出、抄訳）の今回訳出した部分は一九二一年のイベント「バレス裁判」でツァラが朗読した箇所で本人の録音がある。ブルトンはソルボンヌのツァラの講演に介入したが、その際コップを差し出され「この水は飲める」と言ったという。

『近似的人間』（一九三一年、抄訳）はパリ・ダダの終焉から政治参加までの孤立時代に書かれた百数十ページの大長篇詩で、初版豪華版はクレーのオリジナル版画付き。献辞の「グレタ」は当時の妻グレタ・クヌットソンのこと、二五年結婚、四二年離婚（グレタが出資したモンマルトル、ジュノー通りのツァラ邸はA・ロース設計で話題となり、岡本太郎、横光利一も訪れた）。刊行前のインタビューで、ツァラは「詩は直接的な真実の唯一の状態である」と述べたが、「近似的」という表現は、「理由なく」鳴り続ける鐘の音とともに人間の真実に接近する詩人の困難な企てを示唆している。全編を原語で読破した読者はごく少数と思われるが、挑戦する価値のある作品だと言っておこう。冒頭の部分だけを訳出した。

「海の星への道の上で」（一九三六年初出、抄訳）（『勝利の真昼』一九三九年、初版豪華版はマティスのオリジナル版画付）は、ツァラがスペイン文化擁護協会の書記として市民戦争（一九三六〜三九年）で共和国政府支援のために活動した時期の作品で、内乱直前にフランコ軍に殺された詩人ロルカに捧げられている（アルカチョファスはチョウセンアザミ、フランスでアルティショー）。

「一つの道ただ一つの太陽」（『地上の地』一九四六年）はスペイン内乱からレジスタンスの時期の政治参加の詩を集めた代表的な詩集中の一篇で、表題のイニシアルがURSS＝ソヴィエト社会主義共和国連邦となることから、ドイツ占領下の検閲への挑戦とされるが、プロパガンダ的表現は見られず、詩的表現者としての独自性を守ろうとするツァラの強固な意思が感じられる。

「異邦の女」（『ひとり語る』一九五〇年、抄訳、初版豪華

左からツァラ、エリュアール、ブルトン、アルプ、ダリ、タンギー、エルンスト、クルヴェル、マン・レイ（1930年頃）

版はミロのオリジナル版画付）は、ツァラが一九四五年夏にフランス南西部サン＝タルバンの精神病院に滞在中（治療のためではない）に書かれた特異な詩集の巻頭詩篇。表題は病院の女性患者を思わせるが、彼女の感性を借りて詩人は彼の子ども時代の追憶を語っている。

『内面の顔』（一九五三年、抄訳、初版豪華版はレジェのオリジナル版画付）は冒頭部分を訳出した。書き出しはツァラが少年期を過ごしたルーマニアの田舎を想起させ、過去と現在が交錯している。「曲がり角ごとの驚き」は、ツァラの人生そのものである。

「季節」（『まさに今』一九六一年、抄訳、初版豪華版はソニア＝ドローネーのオリジナル版画付）は、最晩年の詩集中の一篇で、ダダから政治参加をへて「単調で巨大な虚無」に立ち向かった人生を振り返り、なお「今の時」を生きようとする六十五歳のツァラの心境が実感される。

ルーマニア時代からチューリッヒとパリのダダをへて最晩年へといたるツァラの全生涯については、フランソワ・ビュオ著『トリスタン・ツァラ伝』邦訳（塚原史・後藤美和子訳、思潮社）を参照されたい。♠

フランシス・ピカビア

連発拳銃（レヴォルヴァー）

気に入られようというより束縛しようとする
おぞましい愛撫
ベッドに似てきた女たちや男たち
利己的な殺人と不幸な犠牲者たち
それでも彼らは愛するふりをする
性的欲求
キリスト教の教会
少女たちの学校
公共遊歩道
処女たちの梅毒が治らない

「391」1号、1917

軽薄な痙攣

彼女の堕落した視線は
フルートがない仮面舞踏会の叫び
傷ついた痙攣のすえた臭いがする

彼女の奥深い泉は反抗的な恥じらい
セックスにとっては恐ろしい反応で
癲癇（てんかん）の発作を引き起こす

だが彼女の夢の無目的な行動は
時刻を指さない時計の針となって
罪の許しをもたらす

「391」1号、1917

虚無の恐怖

彼女は向う側の世界を夢想する
ひとつの記憶を創り出すために

「391」4号、1917

そして彼女は恐ろしい絶壁の上空で
命綱を手に入れる
彼女がおずおずと不安げに高ぶらせるのは
野蛮（バルバリー）な行為に対する彼女の憎しみ
彼女は努力して軽率な厚かましさを気取り
男たちを信用してみせる
彼女は理解不能なエゴイズムの立派な達人なのだ
それでも彼女は最高！

F・P・

「391」4号、1917

マジック・シティ

極上のニヒリズムの悪に誘いこむ危険な風が吹いて
途方もない歓喜にあふれてぼくらを追いかける。
　予測不能な理想。
　均衡状態の破綻。
　ひどくなるいらだち。
　束縛からの解放。

いたるところで男と女がぼくの好きな音楽に合わせて
　　公然とあるいはひそかに
　彼らの不毛な欲情を解放する。
　　オピウム（阿片）。
　　ウィスキー。
　　タンゴ。
　観客も役者たちも
　ますます巧妙になって
粗野な欲望の満足を乗り越える。
　女たちは男たちほど強くないが
もっと美しくてもっと無意識的だ。
男たちは下心を口には出さず
　彼らの快楽の対象を見つめている
守護霊と東洋の太陽の年。
　　１９１４－１９１５

F・P・

メタル〔金属〕

日本の浮世絵
愛撫と米の粉の情熱
ぼくの下の方で時間が過ぎる。
ぼくはサトウキビを知っている
畑の道に入りこむと
東西南北の基本方位が分からなくなる。
都市は左右対称に広がる泥の上で
祭壇のてっぺんがぼくの家だ。
眠ること
限界のない錯乱
持続のない気軽なリズム
リンリン鳴る鈴を並べた絵。
中国の海がぼくのベッドの後ろで
合図を送る
誰にも気づかれない人形がそうするように。
途方もなく
傲慢な

「391」6号、1917

機械　それは草なのだが
待ち伏せして
ぼくにちょっとだけ言い寄ってくる
連中の股の間は素裸。
写真の光で目もくらむような蒸気が立ちこめ
ぼくに正確な返事をする。
典型的な顕微鏡
きみの眼はその残り火で燃える
孤島の間の道のようにやさしい眼が
孤独の中心を見ている。
彼は下の方でぼくの松脂塗(まつやに)の
扇子のことを誰にでも話している
薔薇の風貌をもつ
ぼくの立派なファミリーは
太陽の神秘的家系の出なのだと。
世界はぼくらの蒸気船の
影で覆われた口を持つ。
巨大な山が
歩き始める

東西南北の基本方位の中心の方へ。

ピカビア　ニューヨーク　1917

かなり月並みな話（抄）

「391」8号、1919

誰かが紙巻煙草に火をつけながら、あなたは私たちの経験不足について考えたことがありますか？　純粋さについて、期待について、愛について考えたことがありますか？

そして低い声で、誠実さについて？――

私が考えるのは合い鍵のことだ。突然、ミルク入り紅茶のカップに入ってしまった私のきつい半長靴のボタンを取り出そうと考えたりもする。「見てわかったわ」と狂った貞節ぶる女が言った。彼女は召使たちの女神になりそこねて、そのせいですっかり憂鬱になって初心な通行人にむきだしの尻を見せていたのだった。月に二、三回、愛の誘惑のたしかな声がオポパナックスの葉のような彼女の瞼に侵入すると、彼女は打ち明けた。彼女の眼は薬草を売る店の中で白粉を浴びて充血している。

私が考えるのは修道女の僧服のことだ。それは公衆便所のない街の通りで、ページがめくられた小説本のそばで両腕をぶらぶらさせてひろがっていた。大丈夫かな？

（…）

もし支払い済み請求書付きの読者が私を道化とみなして課税したら、私の良心は告解のステンドグラスまで昇っていくだろう　私はブリキのバケツに鼻をつっこんだサタンでイエスなのだ。

フランシス・ピカビア

ダダ宣言

「391」12号、1920

キュビストたちはダダを雪で覆い隠そうとしている。諸君は驚くかもしれないが、そのとおりなのだ。彼らはダダを覆いつくすために彼らのパイプで雪の山〔スイス・アルプス〕をからっぽにしようとしている。

間違いないかって？

もちろん、事実はグロテスクな連中によって口々に明かされている。

キュビストたちはダダが彼らの醜い商売を妨害することができると思っている。つまり、絵を超高値で売りつける商売のことだが、芸術はソーセージより、商売女より、あらゆるものより価値があるというわけだ。

芸術は全能の神のように顕現する！（サン＝シュルピス〔教会〕を見よ。）

芸術は愚か者にとっては薬品のように効き目がある。

テーブルは精霊の力で回転する。絵画その他の芸術作品は金庫付きテーブルみたいで、精霊がその中に入っていて、競売の値段がせり上がるとますます霊的になる。

喜劇、喜劇、喜劇、喜劇、喜劇、喜劇、私の大切な友人諸君。

画商たちは絵が好きなわけではない。彼らは精霊の秘密の仕掛けを知っているのだ……。

画家のサインの複製を買いなさい。

だが、俗物にはなるな。隣の男も諸君と同じものを持っているとわかれば、諸君は立派な知性の持ち主だ。

壁についた蠅の糞〔絵のサイン〕は、もういらない。

そんなものはなくなりはしないが、だんだん少なくなる。


ダダは確実にますます嫌われるだろう。ダダの通行許可証があれば、キリスト教の行列を横切って流行り歌の「ヴィヤン・プープール（おいで可愛いおまえ）」を歌うことができる。なんという冒瀆！！！

キュビスムは思考力の欠如の表現そのものだ。

キュビストたちは素朴派（プリミティフ）の絵画を立体化（キュベ）し、黒人彫刻を立体化し、ヴァイオリンを立体化し、ギターを立体化し、挿絵入り新聞を〔コラージュで〕立体化し、クソと若い娘の横顔を立体化した。今度は金銭を立体化して三乗しなくてはならない！！！

ダダのほうは、欲しいものは何も、何も、何もない。ダダが何かをするのは、大衆にこう言わせるためだ――「ダダなんて、俺たちには何もわからない、わからない、わからない」。

「ダダイストたちは何ものでも、何ものでも、何ものでもない。彼らは確実に何ものにも、何ものにも、何ものにもたどりつかないだろう。」

フランシス・ピカビア――何も知らない男

解説

フランシス・ピカビアは一八七九年一月二十二日パリで生まれ、一九五三年十一月三十日パリで七十四歳で歿した。父はキューバ系スペイン人、母はフランス人で、裕福な家系だった。パリで画家を志し装飾芸術学校（アール・デコ）や国立美術学校（ボザール）で学び、当初は印象派の影響を受けるがやがてキュビスムに接近、一九一〇年代初めにはアポリネールが彼の詩篇「オルフェ」から命名したオルフィスム（光と音の競合を実感させる芸術）にドローネー夫妻、レジェらとともに参加する。その後一九一三年ニューヨークの美術展アーモリー・ショーで注目を集め、写真家スティーグリッツのスタジオ291でデュシャンらと交流、その名称から「391」を着想し一九一七年にダダの雑誌としてバルセロナで創刊、その後パリに移って二四年まで出版、ツァラ、デュシャン、ブルトン、アラゴン、エリュアール、マン・レイらが参加し、ダダ＝シュルレアリスムの重要な拠点となった。ツァラが一九二〇年一月チューリッヒからパリに移住したのもピカビアの強力な勧誘によるもので、同年五月のフェスティヴァル・ダダはピカビアがスポンサーとなったという。『カコジル酸塩の眼』はポンピドー・センターで常設展示。一九二四年にはルネ・クレールと製作したダダの映画『幕間』に出演。パリ・ダダの展開の過程でツァラとブルトンの対立が激化すると、二〇年代後半からは南仏に引きこもって運動から退いた。三〇年代から四〇年代には『セックス・アピール』などヌード雑誌の写真を模写した絵を多数描いた。

画家ピカビアの歴史的評価はすでに確立しているが、彼の文学作品については、日本では『母親なしに生まれた娘』、『怪しい外人イエス・キリスト』などが一部紹介されているだけなので、今回は雑誌「391」掲載作品を訳出してみた。「軽薄な痙攣」、「虚無の恐怖」、「マジック・シティ」などからは無意識や夢や麻薬など当時のピカビアの偏愛の傾向が読み取れる。「金属」はデュシャンの似顔絵付きで、ピカビアの代表的なダダ詩篇である。「かなり月並みな話」が掲載された「391」第8号は、チューリッヒのツァラとの共同編集で、ダダの連帯が実感される。♠

ジョルジュ・リブモン＝デセーニュ

音楽（抄）

「291」10・11号、1915

ヤマウズラが踊る、一羽ずつ、二羽ずつ、そしてみんな
　一緒に。
千のチドリが集まって、千の声で歌う。
一羽は他の一羽を知らない、自分のことも。
神秘は内に外に。

一キロの砂糖は一キロのピーマンと同じ重さだ。
みんな、自分の唾液の理由を知っている。
聖体もまた、舌に味覚を持っている。
蠟よ、耳の中に流し込まれろ、熱くあれ、もっと効果が
　あるだろう。
少なくとも、音楽になるだろう。
（…）

アーティチョーク

「DADA」7号、1920

ダダはあと数年、数ヶ月、あるいは数日しか生きられないので、遺言を託す公証人を探している。

数学ダダはまだ育っていない。今日まで、数の研究は人を全く愚かにしてきた。愚かさは数学者の鉛中毒だ。

人のまだ知らないことがある。それはダダイズム、ダダだ。けれども、ダダは足の親指にくっつくほどの垂れ乳を持っている。

ダダは全てを疑う。人はそれもまた一つの原理だと言う。いや、はじめに懐疑はなかった。けれども、懐疑が生じる時、もしもダダが懐疑を信じるならば、それはまさに、ダダが原理を持たない証拠ではないだろうか。

去勢豚がジャガーの声を持ち始めるのを見て、ダダはヨウ素のように行動するだろう。ダダは昇華するだろう。

そして、去勢豚の呼吸した空気の中、豚小屋の中で、ダダは生き返るだろう。家庭の食事に出される燻製ソーセージは、是が非でもダダのものになるだろう。

ダダ、おおダダよ、どんな顔だ？　とても悲しそう？　とても楽しそう？　鏡で自分を見てみろよ。いや、いや、見るんじゃない。

美とは何か？　醜とは何か？　大きいとは、強いとは、弱いとは何か？　カルパンティエ、ルナン、フォッシュとは何か？　知らない。私とは何か？　知らない。知らない、知らない、知らない。

星々を、あるいは胃の中を単眼オペラグラスで見るのは芸術活動だ。というより、それは人間が行う唯一の芸術活動だ。そして彼らは泣く、彼らは泣く、まるでレンズの成分にタマネギが入っているかのように。

ダダに向けられた友好の微笑みが、どんな党派に属すのかを記しておくのは興味深い。政治と結婚。ダダは食いつぶすだけの莫大な持参金を持っている。けれどもダダの処女を奪うのは難しい、処女は狭いから。

「レゾン・デートル」2号、1929

待つこと

思い出のツバメたちが
指から指へと旅をする
そして指の上で
未来の緑色のトカゲが
心臓の蝿たちを食べる。

このドロップをあげよう
貞節な退屈さに接吻する舌に、
私はこの手を受け入れよう
手は太陽の
月の、星々の、雲の穀粒を
私の緑色のオウムに与えてくれる。

私は叫ぶ
助けて、助けて、助けて！
けれども、叫んでいるのが貪欲な目つきのオウムに過ぎ
　ないことを、私はよく知っている、
なぜなら私は、私のことも、あなたのことも、誰のこと
　も呼ばないからだ。
私は仮面の下に虚無を置いた。
私は虚無の中に千のアルファベットの文字を置いた、
それは素晴らしいコンサートとなる
誰もいないけれども。
それでも私は待つ、私は待つ、
私は待つ、決して来ないであろうゼロを。

『エッケ・ホモ』1944

詩人へ（抄）

そんな風に歌うな、詩人よ、ひび割れた悲しげな声で、
まるで、落ち葉をかき回す十一月の風のようじゃないか。
誰が聞いてくれよう、みんな遠回りして行ってしまう、
視線を内に向け、息をこらし、唇を固くして、
人生が何かは分かっている、それは試練の時だ、流星は
季節から季節へと反射した、鏡の中の火、火の中の鏡
太陽はもう、身を焼く大仕事をしていなかった
北半球の冬の十字形の槍が太陽を切断した、しゃっくり
　が眠ったような大火山の病んだ内臓を休みなく揺すっ
　ている間に。
兄弟よ、君に言わなくては、大地の毛皮は円形脱毛症で、
　獣には熱があると、
あの女たち、男たちを見よ、風と埃の中、体を折り曲げ
　て進んでいる
両手で横腹を押さえ、悲惨さの中へ、
不幸な世紀の悲惨さの中へと滑り落ちていく、風の中に
　はペストがあり、
森の苔の中、イラクサに隠れた壁穴にはレプラがある。
兄弟よ、何かまずいことがある、我々は出来事を待って
　おり、それはやってくるだろう
（…）

解説

ジョルジュ・リブモン＝デセーニュは一八八四年六月十九日モンペリエで生まれ、一九七四年七月九日サン・ジャネで九十歳で歿した。一九〇九年のサロン・ドートンヌでレイモン・デュシャン・ヴィヨンと出会い、その弟のマルセル・デュシャン、さらにはピカビアと親しくなる。一四年に一次大戦に動員された後、一五年から詩を書き始め、アルフレッド・スティーグリッツの「291」誌十・十一号に詩篇「音楽」が掲載される。

一七年からピカビアの「391」誌に協力。ピカビアの紹介で、一九年にはトリスタン・ツァラの「DADA」誌四・五号に詩篇「狂った雌鶏」を寄稿した。二〇年からはパリ・ダダに参加。二月五日に、「君たちの中に降りて行く前に、君たちの虫歯、膿んだ耳、潰瘍のできた舌を切り落とすために。君たちの腐った骨を打ち砕く前に」と始まる挑発的な宣言文「公衆へ」を読む。三月には「DADA」誌七号（「ダダフォン」）の発行責任者となり、「アーティチョーク」を発表。五月には「バレス裁判」に参加するが、五八年に『今は昔』の中で、「ダダは罪人にも、卑怯者にも、破壊者にもなれようが、裁き手にはなれない」と回想している。二二年、それまでに書いた詩篇を「眼とその眼球」という題で一冊にまとめようとするが、七二年まで刊行されなかった。二五年には「中国の皇帝」、二六年には「ペルーの虐殺者」がいずれもオータン＝ララによって上演された。二九年二月、ジルベール・トロリエの雑誌「レゾン・デートル」に詩篇「待つこと」を発表。同年三月十一日のシャトー街での集会後、「大いなる賭け」グループを擁護してブルトンと対立。とりわけルネ・ドーマルとは、互いに作品を理解し合っていた。四月にニーノ・フランクと共に、「ビフュール」誌を刊行。三四年には、小説『ジャン氏あるいは絶対的愛』でドゥ・マゴ賞受賞。

一九四〇年以降はフランス南東部の町シャシエに逃れて詩作をし、「フォンティーヌ」誌など、様々な雑誌に発表。彼の詩は自由フランスのラジオで朗読された。四四年、ガリマール社から詩集『エッケ・ホモ』を出版。戦後は美術・文学の解説や批評、ニーチェの詩の翻訳に多忙だった。◆

ジャック・リゴー

AGS・自殺請負総代理店

AGS・自殺請負総代理店
公益公認会社／資本金5、000、000フラン（F）
パリ本社／モンパルナス大通、73番地
リヨン、ボルドー、マルセイユ、ダブリン、モンテカルロ、サンフランシスコに支店あり。

近代的なもろもろの装置のおかげで、AGSは幸いながらお客様に**確実かつ迅速な死**を提供できますことをお知らせいたします。このことは、これまで「失敗したら」と不安になって自殺をためらってこられた方々を惹きつけずにはおかないでしょう。社会に恐るべき感染力を行使する絶望した自殺志願者の排除を考慮して、内務大臣閣下は光栄にもわが社を訪問されることを望まれております。

そのうえ、死が人間のあらゆる衰弱の結果として避けられないものであることから、AGSは人生に別れを告げる多少なりともまともな手段を提供いたします。すなわち、わが社が企画したエクスプレス・アンテルマン（特急埋葬一式）には、会食、友人ご親族の参列、遺影写真（ご希望によっては死後のデスマスク）、参列者への記念品、自殺の実行、入棺、宗教的儀式（ご希望による）、ご遺体の墓所への移動がセットされております。AGSはお客様方のご遺志を誠実に実行する所存です。

注記／わが社の方針は公的施設の利用になじまないため、いかなる場合でも、ご遺体は警察のモルグ（死体置き場）には移送されませんので、ご遺族の方々はご安心ください。

料金表
電気ショック：200F
拳銃：100F
服毒：100F
溺死：50F
ご遺体の香水付き防腐処理（奢侈税含む）：500F

縊死（金銭的余裕のない方のための自殺）：5F
（首吊用ロープは一メートルにつき20F、追加分は10センチにつき5F）。
エクスプレス・アンテルマン特別カタログをご請求ください。ご質問などはすべて主任支配人ジャック・リゴー氏（パリ六区、モンパルナス大通七三番地）までお願いいたします。なお支配人は、自殺の立ち会いを希望される方からの問い合わせには一切お答えできません。

金を儲ける者もいれば、神経衰弱になる者もいるし、子どもを作る者もいる。セックスをする者もいれば、憐れみを抱く者もいる。

ぼくは何をなすべきか探し続けている！　でも、なすべきことは何もない。なすべきことは何もない。

三面記事

猛威を振るう論理的思考の三段論法（シロジスム）のせいで、昨日はパリだけで三十七名の新たな犠牲者が出た。

先見の明のない市当局は、近日中にパリ市内の夜間照明を消すことを検討している。ガス灯の発明以来パリの大通りの樹木たちは不眠症に悩まされており、昨夜は三本のプラタナスがガス灯の上に倒れて、ガス灯を押しつぶした。

昨日、パリ中心部のパレ・ロワイヤル庭園で、ダダの死体が発見された。アンドレ・ブルトンの供述によれば、自殺と推定される（この不幸な男は生まれた直後から自殺をほのめかして周囲を脅していた）。

*

すべての鏡にはぼくの名前がついている
ぼくは偉大な死者になるだろう。

☆☆

物体の不動性はぼくを魅惑する。ぼくは自分が肘掛け椅子だと思いこんでしまうほど、肘掛け椅子をみつめる。

だがまちがいだった、すべては運動だ。（…）

ジャック・リゴーは一八九八年十二月三十日パリで生まれ、一九二九年十一月六日パリ南郊のシャトネー・マラブリーで三十歳で自死した。父親は老舗デパート「オー・ボン・マルシェ」の重役というブルジョワ家庭に育ち、パリの有名高校で学ぶが当時から突飛な言動で目立っていた。大学には進まず、第一次大戦に志願し陸軍少尉で終戦を迎えた。戦後作家ドリュ・ラ・ロシェルらと交友するうちに文学を志すようになる。ドリュはリゴーを主人公として小説『鬼火』（Feu follet, 1931）を書き、一九六三年にはルイ・マルによって映画化された。

一九二〇年にパリ・ダダが始まると、処女作『無定形な話題』を刊行していたリゴーはあらゆる既成価値の転覆を求めてツァラに共感、ダダイストとして活躍しダンディぶりを発揮（写真が残る）、またアルコールや麻薬に耽溺するようになるが、実家で暮らす金持ちの坊やだった。この頃すでに自殺願望を表明、ブルトンたちの雑誌「文学」十七号掲載の文章（無題）で「自殺はひとつの天命（vocation）であるにちがいない」と書いたし、二一年五月のパリ・ダダのイベント「バレス裁判」でも自殺について発言していた（その後ブルトンから離反）。

一九二四年にパリで裕福なアメリカ女性グラディス・バーバーと出会いニューヨークで暮らし、二六年には結婚するが直後に離婚、薬物中毒の傾向が強まる日々を送り結局二八年末パリに戻った。その数か月後、リゴーは「天命」を果たすかのように拳銃で心臓に一発の銃弾を撃ち込んで短い人生を終わらせた。「人生の最も美しい贈り物は、きみが自分で選んだ時刻にいつでも人生から抜け出せるという自由だ」とブルトンは書いていた。

『AGS・自殺請負総合代理店』は一九六七年パリのテラン・ヴァーグ書店から刊行された。同名のテクストと「三面記事」（全訳）は、ブルトンのコレクションから印刷されたもので、六七年が初出だが二〇年代前半執筆と思われる。「すべての鏡にはぼくの名前がついている」は三四年の「没後文集」（Papiers Posthumes）が初出。

リゴーと、結果的には自死を選んだヴァシェ（一八九五－一九一九）という二人のジャックは、ともに永遠のダダイストであり続けるだろう。♠

アンナ・ド・ノアイユ

生者たちと死者たち（抄）

『生者たちと死者たち』1913

抒情詩人の魂は彼らが作ると自負する
ものを実際に作り出す。（プラトン）

1 情念

見るがよい、私は蒼穹を飲み干す……

見るがよい　私はお前の顔から溢れ出る蒼穹を飲み干す
お前の笑いは上質の小麦のように私の糧となる
私にはわからない、お前が確信も分別も失って
　お前が私を飢え死にさせる日がいつなのか。

私は孤独で放浪の身でいつも驚かされている女
未来がないし身を寄せる屋根もない、
私は家が怖い、時間と年月が怖い
　お前のことで苦しまなくてはならないときが。

私を取り巻く大気の中にお前が見えるときでさえ
私の心が夢見たお前より本当のお前のほうが美しいとき
　でも
お前の中の何かがたえず私を見捨てる
　生きているかぎりお前は立ち去るのだから。

お前は立ち去り、私は猛犬のように後を追う
太陽の白い光が照らす砂に鼻先を突っ込んで
落ち着かない口元で犬が噛みつこうとするのは
　宙を舞う一羽の蝶の影法師。

お前は立ち去る、愛する舟よ、お前を揺らす海は
お前のことを自慢する　危険な積荷でも遠くから運べる
　男だと
けれども世界中の積荷が降ろされるのは
じつは広くて穏やかな私の港なのだ。

もう動いてはいけない、お前の吐息は性急すぎるし、

お前のふるまいは葦の原を分ける急流のようだ
私の魂の外ではすべてが非情で剝き出しだから、
お前は私の安らぎで激情を休ませるがいい！

私の見たことがお前に教える以上の旅などあるだろうか
トルコのガラタの夕暮れやアルデンヌの森を
インドの大河の蓮の花を
　私の眼差しがお前の眼差しにきらめかせるとき？

ああ！　お前の飛躍、お前の出発が私の胸をしめつける
　とき
お前が走り去る空間の拡がりに私がお前を失うとき
私は恐ろしく不吉な物憂さを予感する
　いつの日かお前から感覚を奪うあの物憂さ。

陽気で満ち足りて、敏捷で勇敢なお前は
征服者のように人びとの希望を支配するだろう
こうしてお前は奴隷たちの偉大な民族の一員となり
　物言わぬ寛容な存在として横たわる。

解説
　アンナ・ド・ノアイユ（伯爵夫人）はルーマニア貴族の家系で一八七六年パリで生まれ、一九三三年パリで五十七歳で歿した。十九歳でマチウ・ド・ノアイユ伯爵と結婚、文芸サロンを主宰して二十世紀初頭パリの有力なメセナとなり、オッシュ・アヴェニューの彼女のサロンにはバレス、プルースト、ロスタン、クローデル、ヴァレリーら当時の文壇の大物からコクトー、ジャコブらアヴァンギャルド派までが集まった。彼女自身も作家・詩人として活躍し、詩集『百千の心』でアカデミー・フランセーズ文学賞受賞。また、ブランクーシ、ツァラ、イオネスコ、エリアーデ、シオランらとともに、ルーマニア出身のフランス文化人としても著名である。『生者たちと死者たち』は第一次大戦勃発の前年に刊行された大長篇詩で、ここには冒頭の一部を訳出したが、地上の生とその悦楽のはかなさと、死の不可思議な魅惑をひきしまった文体で表現して、戦争の予兆さえ感じさせる。ダダ・シュルレアリスムとはメセナ以外の接点は少ないが、同時代の重要な女性詩人として紹介しておく。♠

ジャン・コクトー

カンヌ（抄）

5

僕の耳という貝殻が、
好きなのは海のざわめき。

『ポエジー 1917～1920』1920

月桂樹への呪い

お前は枝をあらゆる方向に拡げる、
夕暮れ時の太陽や満開の桜の花のほうへ。
そうだ三月以来われらの内面に砕け散るのは
砂丘にさえ届く未知の愛の波しぶき。

ここでは青い軍服の兵士だけが地上にばら撒かれ、
あっというまに大空に達してしまう。

ここではもう牧人たちは生まれてこない。
地上は蜂蜜をむさぼる下劣な熊のものだ。

だが私は知っている、他のところでは春が
波打つ大地からヴィーナスのように生まれることを。

犬や牛乳配達や朝晩の鐘の音に助けられ、
腹に叫びを詰め込まれた雄鶏や鍛冶屋に助けられ。

何キロも離れた村から聞こえるちょっとした噂や、
ヴィーナスよ、瀕死の私自身に助けられて春は生まれる。

私はうっとりしながら体内に狂った泡を感じる
そこからお前は黄金の栓を抜いたように迸り出る

ヴィーナスよ！　海の上に立て、敵艦を焼く火のように、

『永眠序説』1921

ニースのカーニヴァルの船乗りたちの山車（だし）のように。
われらの死んだ海から何が現れるというのか？
ここでは樹木さえ案山子（かかし）でしかない。

いま太陽は北の海に入った。
残るのは沿岸に置かれた投光器だけだ。
方角がわからない投光器は、自動人形のように天空の四
　隅を探しまわる。
残っているのはもう積み重なる寒さだけ、
ためらいもなく始まる銃撃だけ、
何度も衝撃を受け破壊される彫像となって向いあう、
フランスとドイツの若者たちだけ、
冷たい大理石からしか育たない、
歓びを知らない栄光の月桂樹だけ。

非人間的な月桂樹よ、四月には雷が落ちて
お前を殺すのだ。

『平調曲』1925

平調曲〔プレーンソング〕（抄）

時間を欺くために私が持っているのは
　二十通りの時を告げる狂った柱時計。
そんなわけで褒め言葉や冷水を浴びせる言葉を
　私はいつも避けてきた。
文学の栄光は古くさい主人の言いなりで
　いつもつまらない作品に栄冠を授ける
しばしば長すぎるほどの情愛が短すぎる作品を生み
　人の心を驚かせるのに。
だからいつも若い気持ちで、報われたいとも思わずに、
　自分の著書を手に持って

賭けや遊び、恋の駆け引きやダンスに精を出せば
　そこから明日が開けるだろう。

だからこそ死を思うとぞっとするが、
　死は甘美な眼差しで私を見つめて、
私の耳に大声でつぶやく、
　私との約束を忘れるな――。

世俗の客人を帰らせて、ドアに鍵をかけておけ、
　酒が切れても飲み続けろ。
死者の亡きがらは墓に埋めておけ、
　私は死、神が選んだお前の名前だ。

『オペラ』1927

地上の世界

一羽の鳥が雨宿りの家を略奪されて、
頭を体に突っ込んで眠ると、神が鳥の下に隠れる。
神は顔の上にまで鳥の刺青を彫っているから、
時々鉄格子の影にまちがえられる。

アンケート
「神は自分の仕業に蜥蜴を使って署名しますか?」
「突然の風雨は神の別の署名でしょうか?」
「シマウマは縞模様でどんな詩を書いているのでしょう
　か?」
「カエサルのものはカエサルに返すべきでしょうか?」

　空には星宿がある。
　地上には娼婦宿がある。
キリストの叫び（クリ）よ、顔のヴェールを破れ。
イエスよ、ツバメたちの叫びを冠代わりにして、
フラッシュ撮影の光で姿を現し、雷鳴を轟かせよ。
新聞社に火を放ち、永遠に残るぼくの写真を撮れ、
人間世界から遠く離れた場所で。

解説

ジャン・コクトーは一八八九年パリ近郊で生まれ、一九六三年にエッソンヌの館で七十四歳で歿した。詩人、小説家、劇作家、映画作家、画家等として活躍し、二十世紀フランス文化の代表者としてあまりにも著名。彼の人生を手短にプレイバックすると、九歳の時弁護士だった父が自殺、人格形成に大きな傷を残した。バカロレア（大学入試）に二度失敗しボヘミアン的人生を選んで、一九〇九年に最初の詩集『アラジンのランプ』を自費出版。この頃ディアギレフのロシア・バレーに熱中し、キュビスムや未来派に接近。一九一七年にはバレー『パラード』（アポリネールがシュル＝レアリスムの語を初めて使用）をピカソの衣装とサティの音楽で制作、同時代のアヴァンギャルドの先頭に立った。看護兵として一次大戦に従軍、ロラン・ギャロス操縦の飛行機に乗った体験から強烈な印象を受ける。戦後ツァラやブルトンとも交流し、ダダ・シュルレアリスムの影響を受けるが運動に参加することはなく、パリ社交界の花形としての生き方を選んで、ブルトンから痛烈に批判された。若いボーイフレンドのラディゲと親しく付き合い『肉体の悪魔』出版を援助するが、その早すぎる死に衝撃を受ける（その後も男優ジャン・マレーらと交友）。この頃現代音楽の「六人組」と共作で『エッフェル塔の花婿花嫁』を発表。小説『恐るべき子供たち』や映画『詩人の血』で話題を独占した（映画の代表作は『美女と野獣』、『オルフェの遺言』など）。一九四〇年代には一時ナチス・ドイツに共感したが、戦犯の断罪を免れた。詩人としての代表作は『喜望峰』、『ポエジー 1917 ～ 1920』、『用語集』、『平調曲』、『オペラ』、『幽明抄』など。『永眠序説』は第一次大戦中に書かれ、戦死した友人ルロワに捧げられた。『ポエジー』中の「耳……」は堀口大學訳で有名だが、コクトーの耳への執着を反映させて「耳という貝殻」とした。『平調曲』はグレゴリオ聖歌と同義で、定形詩への回帰の意思表示となっている。『オペラ』の大半は一九二五年夏南仏ヴィルフランシュで書かれた。今回選んだこれらの詩篇からは、世俗的生活のはかなさや虚しさとともに、人間的限界を超える力としての死の誘惑が表現されている一方で、独自の諧謔も感じられる。♠

ピエール・ルヴェルディ

いつもひとり

煙は彼らの暖炉から来るのだろうか、それとも君たちのパイプから？　ひとりになるため、私はこの部屋の最も奥の隅を選んだ。すると、真向いの窓が開いた。彼女はやって来るだろうか。

私たちの腕が橋をかける道で、誰も上を向かなかった。家々が傾く。

屋根と屋根が触れ合う時、人はもはや、話をしようとしない。あらゆる叫びが怖いのだ。暖炉の火が消える。真っ暗だ。

『散文詩』1915

アイロンをかける女

かつて彼女の手は、アイロンをかける輝く布にバラ色の染みを作ったものだ。けれども、ストーブが真っ赤になった店で、彼女の血は少しずつ蒸発していった。彼女は次第に白くなり、立ち昇る蒸気の中、レースのきらめく波間に紛れて、もうほとんど見えない。

彼女のブロンドは光の輪となって宙に漂い、アイロンは雲の布を舞い上げながら、行ったり来たりを続ける――テーブルの周りでは、消え残る魂が、アイロンをかける女の魂が、歌を口ずさみながら、布のように広がったり、畳まれたりしているが――誰も気にとめない。

『散文詩』1915

現実の味

彼はもう一方の足をどこに置いたらよいのか分からないまま、片足で歩いていた。曲がり角では風が埃を掃き、その飢えた口が空間全体を飲み込んでいた。

彼は走り出した。飛び立つことを、今か今かと願いながら。しかし、小川のほとりで敷石は湿っており、ばたつく両腕は彼を支えられなかった。墜落して、彼は自分

が自分の夢よりも重いことを知った。以来、彼は自分を
落下させた重さを愛した。

天からの贈り物

廊下の奥で扉がいくつか開くだろう
通りぬける人々に贈り物が用意されている
友人たちがそこへ行こうとしている
明かりのついていないランプが一つ
それから君の輝く片目がある

誰かが裸足で階段を降りてくる
泥棒か最後の来訪者か
我々はもう彼を待ってはいなかった
月がバケツの中に隠れる
一人の天使が屋根の上で輪を回す
家が崩れる

『楕円の天窓』1916

小川の中には流れる一つの歌がある

『楕円の天窓』1916

率直に

こうして私は立っている
私はそこを通ってやってきた
今も誰かが通っている
私のように
どこに行くかも知らないで

私は震えていた
部屋の奥の壁は黒かった
それもまた震えていた
私はあの戸口をどうやって越えたのだろう

叫ぶこともできようが
　　誰にも聞こえない
泣くこともできようが

誰にも分からない

闇の中で君の影を見つけた
それは君自身よりも優しかった
かつて
それは片隅で悲しそうだった
死があの静けさを君に与えた
でも君は話し　君はなおも話す
私は君を置いて行きたい

少し風が吹けばいいのに
もっとはっきり外が見えればいいのに

息が苦しい
天井が頭にのしかかり　上から私を押す
どこにいればいいのだろう　どこに行けばいいのだろう
死ねるだけの場所がない
遠ざかる足音はどこへ行くのだろう
それは遠く　ずっと遠くに聞こえる

ここには影と私しかいない
夕闇が降りてくる

「北＝南」13号、1918

イマージュ論（抄）

イマージュ〔本来は視覚像〕は、精神の純粋な創造物である。

それは比較からではなく、多少とも離れた二つの現実の接近から生じる。

接近させられた二つの現実の関係が、遠くて正当であればあるほど、イマージュは強力になるだろう——そして、それは感情的な力と詩的現実を持つだろう。

いかなる関係もない二つの現実は、有効に接近できない。そこにイマージュの創造はない。

正反対な二つの現実は接近しない。それらは対立する。

この対立から力が得られることは滅多にない。

一つのイマージュが強力なのは、それが**唐突で並外れている**からではなく、観念の連合が遠くて正当だからだ。

得られた結果は、すぐに連合の正当性を確かめる。

アナロジー〈類似〉は一つの創造手段だ——それは**関係性の類似**だ。創出されたイメージの強弱は、そうした関係性の特徴に依拠する。

大事なのはイマージュではない——イマージュが引き起こす心の高ぶりが大事なのだ。心の高ぶりが大きければ、イマージュもそれに見合って評価されるだろう。

こうして引き起こされた心の高ぶりは、詩的にみて純粋である。何故なら、それはあらゆる模倣、想起、比較の外で生まれたからだ。

新しいことを前にした、驚きと喜びがそこにある。

人は二つの不均衡な現実を、(常に弱々しく)比較することでイマージュを創出するのではない。

そうではなく、離れた二つの現実を比較せずに接近させることで、人は精神にとって新しい強力なイマージュを作るのであり、**精神だけが**その二つの現実の関係性を捉えたのだ。

精神は創出されたイマージュを、混じり気なしに捉え、味わうことができるだろう。(…)


それぞれのスレートの上に……

それぞれのスレートの上に
それは屋根から滑り落ちるのだが
人は
書いたのだった
一つの詩を
軒はダイヤモンドに縁どられ
鳥たちがそれを飲み込む

『屋根のスレート』1918

過ぎ去った季節

一つの視線
あるいはしかめ面
太陽が輝いた
鏡の中のそれはもう同じものではない
一つの雲が馬に乗って通り過ぎる

『屋根のスレート』1918

風は走りながらそれを追い越す
片目の上の影が気になる
私は悪夢の中に滑り込む
微笑みによって強調された
一つの黒い仮面
私を連れ出す者が叫ぶ
それは良くなるかもしれず悪くなるかもしれない
私は笑う
中庭にいるのは私だけだ
黒っぽい上着が屋根の上ではためいている
穴だらけ
誰かが私を呼ぶ
まぶたのすれすれにツバメが飛ぶ
それは手袋をはめた片手だ
残りは思い出の後ろを通る
でも私はここにあるものをとどめておけるだろう
君が後ろばかり見ていなければ

『描かれた星々』1921

影とイマージュ

私が笑ったとしても、目の前に広がるきらびやかで楽しい世界を笑ったのではない。傾いていてもまっすぐでも、人の顔は私を怯えさせ、私の笑いは次第にしかめ面へと変わっていったことだろう。走ると脚がぐらつき、足はもっと重くて前に踏み出せない。私は目の前に広がる世界を笑ったのではない。笑ったのは、もっと後になってから、野原で、広い静かな森を前にして、眠れる大気の中で呼び合う声を聴きながら、私が一人ぼっちだったからだ。

『風の泉』1929

嵐の前

私は歌いながら歩いていた

　閉じられた道を
空は数歩先の
　石の間に落ちてしまっていた
私は立ち止まった
　私は振り返って見た
藁ぶき屋根の煙突は
　諸手を挙げ
風になびく髪は
　散り散りになった
私は立ち昇るものや
　行ってしまったものを見た
空っぽの私の胸の中に
　しずくが一つ落ちた
雨のしずくは
　涙のように重く
もっと遠くを見ていた
　木々の上を

『白い石』1930

交換する言葉

一本の線が道を遮っている
ここを通りたいのだが
私についてくる影が立ち止まった
壁が曲がりくねっている
おそらく誰かがいる

私は空よりも穏やかだ
どんな音にも動じない
たったひとり
道の真ん中で

風景は何にも似ていない
もう思い出一つない
私は始める
傍らで川が歌っている

出発した時は三人だった

影と私と
後ろには君がいた

今は光が強すぎる
昼なのだ
そして私の前に
見知らぬ誰かがいる

——野原を通りなさい——

一羽の鳥が歌う

孤独は死のようだ
眠り込む新世界

月の輝く土地

『死者の歌』1948

手から手へ

私はもう夜のことしか考えない
至高な思想を溶かす長い冬
流れの止まった今
死んだ星が黒い空で輝きのない火を引きずっている
鎖を解かれてもまだ苦しんでいる冷たい手
覆いのない火床のまわりの内気で歪んだ光
敗北の円形広場で
一つの卵よりも青ざめた悲惨さ
すえた匂いの憎しみの風に倒れた柵の近くで
私は幸福の乾いた道を歩く
鎖につながれた途切れのない日々から
ほどかれた編目がぱちぱちと怒りの音を立てる中
時が来て開かれた隔たり
こちらにもあちらにも場所はもうない
死点にいて動かない
光のミツバチの巣

解説

ピエール・ルヴェルディは一八八九年九月十一日ナルボンヌで生まれ、一九六〇年六月十七日ソレームで七十歳で歿した。一九一〇年からモンマルトルに住み、キュビスムの画家たちと親交を結んだ。一四年に結婚。印刷所で働きつつ、『散文詩』(一五年)、『楕円の天窓』(一六年)を発表。『屋根のスレート』(一八年)は句読点を廃した独特な印刷法を持つ。一七年三月にジャック・ドゥーセの援助で「北=南(ノール・シュッド)」誌を創刊(一八年に十六号で終刊)。表題は、モンマルトルとモンパルナスをつなぐ地下鉄の路線名に因む。ジャコブ、アポリネール、デルメ、ウイドブロ、ルヴェルディを中心メンバーとし、ブルトン、アラゴン、スーポー、ツァラも参加。

一八年、「北=南」誌十三号に「イマージュ論」を発表。ブルトンは『シュルレアリスム第一宣言』(二四年)に援用するが、二つの現実の関係を精神が捉えるとする点に対しては「イマージュの二項は、閃光を作り出すために、精神によって一方から一方が演繹されるのではなく、シュルレアリスム的と私が呼ぶ活動の同時の産物であって、理性はその光の現象を確認し、感知するにとどまる」と反論する。それでもブルトンは五二年のラジオ対談において、この詩論にオマージュを捧げることを忘れなかった。ルヴェルディは二一年から、ガブリエル・シャネルと恋愛関係にあったが、彼の絶対的孤独感が詩から消えることはない。二四年には『空の漂着物』でヌーボー・モンド賞を受賞。二六年、妻とフランス北西部ソレームの修道院近くに居を移す。しかし望んでいた信仰生活は数年で挫折。この時期の内省的記録は、『私の航海日誌』(四八年)として出版された。二九年に『風の泉』、三〇年に『白い石』、三七年に『屑鉄』を発表。四〇年に彼の家はドイツ軍に徴用され、納屋での生活を余儀なくされる。占領下で、彼は作品の発表を一切拒否した。戦後、『死者の歌』(四八年)をピカソと共作。また、過去の詩集をまとめ、ガリマール社から『大部分の時』(四五年)を、メルキュール・ド・フランス社から『手作業』(四九年)を出版した。◆

ジャック・ヴァシェ

トリスタン・イラールの詩

「カナル・ソヴァージュ」2号、1913

私は愛のことを考える、私は彼女のことを考える……太陽の下で真白く、彼女は笑っていた。彼女は笑っていて、一言一言が、少しずつ私の喉を締めつけるのを見ていなかった。

君は知らなかったのだろうか。君の笑いはとても晴れやかに、とても涼しげに流れていた！　水晶のように、君の言葉は明るく響いていた！　一瞬、君の震える大きな両目が、接吻のように私の上に注がれて、私は愛撫の下で気を失いそうになった。

しかし、全ては過ぎ去ってしまったのか。熱く、涙が私の苦しみからあふれる。私は過去の風に震える――それは地下室の風のように冷たい……

私の人生は長く続く腐敗だ

未発表詩篇、1914

人生が喜びの叫びを上げる人々がいる。彼らの人生とは、「私は幸せだ！」と叫ぶことだ……。

しかし、そんな人々は稀で、私の知り合いではない。戦うことが生きることである人々がいる。乱闘になり、音を立ててぶつかる――すさまじい騒ぎ――裸で、彼らは殴り、彼らは死ぬ。そして自分は確かに生きたと信じている。

しかし、彼らは粗暴で、とても知り合いになれない。人生を嘆き、死に対して全身全霊で抗議する人々がいる。人生は彼らに執拗に襲いかかる。何故なら人生は卑怯で、弱い者を打ち負かすからだ。彼らにとって、生きるとは苦悩することだ。けれども、彼らは生きている。

しかし、病人とともに行くには、私も病みすぎている。何かに確信を抱いている人々がいる。彼らは幸せだ。けれども、彼らは私を軽蔑しており、私の知り合いではない。

私の人生は長く続く腐敗だ。

ジャン・サルマン宛の手紙

一九一五年八月二十一日付

――いやなニュースを伝えなければならない。僕たちが立てた素晴らしい計画は、無関心という働きを持つ偶然の力によって、全て台無しになりそうだ――

僕は今晩、この大戦における最もばかげた場所に向けて出発する――帰ってくる者はほんのわずかだ――僕は「死体の塹壕」という名で呼ばれる場所に行くのだ――ここにいる人たちの想像力の無さを知る者にとって、この名は多くを物語ってくれる……

この手紙に墓碑の荘厳な調子を与えようとは思わないし、《最後の別れ》をしてから死に損なう滑稽さを引き受けようとも思わない――ただ君に、僕の親愛なるジャンよ、ものが分かっているほとんど唯一の人物である君に隠し事をしないために、僕は、まずいことになっていると伝えなくてはならない。

――僕は死体の塹壕と殺戮の森（《ボワ・ル・プレットル》の近郊だが、君は官報でその場所を知るだろう）の後方、前線から二キロの所にいる――大攻勢のために、僕たちは今晩前線入りしなくてはならないようだ。今いる場所で戦火の地獄を想像するのがどんなに難しいか、そのことを正しく冷静に理解するには見なくてはいけない――その死の塹壕で、七十パーセントが犠牲になると見積もらなくてはならない――そして、残りのパーセンテージも、そこで名誉を保つことができるのだ――

絶望しないでくれ、ジャン、僕は生き延びる、気も狂わずに生き延びるつもりだ――何故なら――痛ましくも――多くの人々が心を殺されて戻って来るから――いずれにせよ、小競り合いが終わったら、僕は君に手紙を書く――あるいは、誰かが書くだろうよ――僕が死ぬことになったら、君に預けておいたものを選別してほしい――焼きたいものはそうしてくれ――君に任せる、僕がするのと同じことを、君がやってくれると分かっているから――たくさんのことでいっぱいの握手を送る……

でも、何故なんだ、何故なんだ？……

冷静に書いているが、潰えてしまった多くのこと、これから起こる多くのことが残念でならない……

ブルトン宛の手紙（抄）

『戦争の手紙』1919

一九一七年四月二十九日付

君はユーモア〔l'humour でなく l'umour と綴る〕を定義して欲しいという――それならば！――
表象(シンボリック)することがシンボルの本質だ
僕は前々から、生きた多くのことを内包できるものとして、これこそがユーモアの定義にふさわしいと考えていた――例として、君は目覚まし時計の恐ろしい生を知っているだろう――あの怪物は、その目が映すたくさんのことや、僕が寝室に入る時、あの正直者が僕を見つめるやり方のせいで、僕をずっと怖がらせてきた――なぜ、あいつにはあんなにユーモアがあるのだろう、一体なぜ？　でも、そうなのであって、それ以外ではないのだ――ユーモアには、恐ろしいほどの遍在性(ユビック)もある――君にも分かるだろう――でも、もちろん――決定的ではなく――ユーモアは一つの感覚に由来するため、表現するのがとても難しい――僕はそれを一つの感覚だと思う――もう少しで、一つの知覚(サンス)だと言いそうになった――あらゆることの、芝居がかった（そして喜びのない）無用さを感じ取る知覚だと。
分かる時には分かるさ
だからこそ、他の人々の熱狂は――（第一、それはやかましい）――憎むべきものだ――というのも――違うか？――僕たちには才能(ジェニー)があるから――なぜなら、僕たちはユーモアを知っているから――だから全てが――君は一度もこのことを考えなかったのか――僕たちには許されている――もっとも、全てがとても退屈だが。（…）

ジャンヌ・デリアン宛の手紙（抄）

一九一七年四月三十日付

――それから、午後、一台のとても元気な戦車が僕たちとお茶を飲みにやってきて、ものすごい音とけたたましい鳴き声をあげて帰って行った――鉄条網を平然と押しつぶし――斜面を楽々と上りながらね――自分の目が信じられなかったよ――戦車が歩いているのはよく目にしたが――生来の状態で自由にしているのは初めて見た。――大人しい厚皮動物をスケッチしたからといって、拷問にかけられはしないだろう――写真も新聞に載っているのだから――（…）

ブルトン宛の手紙（抄）

『戦争の手紙』1919

一九一八年十一月十四日付

――君の手紙が来た時、僕は本当にくたくただった！――ものを考えることができず、ほとんど声も出ず、かつてない程、僕は多くの事を丸ごと受信する、無意識的な記録装置になっている――何という結晶作用だろう？……村にいる見事な白痴たちのように、少しずつ耄碌（もうろく）しながら、僕は戦争から脱するのだろうか（僕もそれを願っている）……あるいは……、あるいは……、どんな映画に出演しようか！――車は暴走、橋は倒壊、スクリーンを這う大きな手は、どんな文書に忍び寄ろうというのか！（…）

――ウィリアム・R・G・エディは十六歳、たくさんの黒人の召使い、美しい灰白色の髪、べっ甲の片眼鏡。彼は結婚するのだ。

僕は〔アメリカで〕罠猟師にもなるだろう、あるいは盗人に、探検家に、狩人に、坑夫に、石油掘りに――アリゾナのバー（ウィスキー――ジンとソーダ割り?）、成熟した美しい森、小型機関銃を下げた美しい乗馬ズボン、髭をきちんと剃り、ダイヤが一粒ついた指輪をはめている。こうした全ては火事になって終わるだろう、ねえ君、あるいは、財を成して居間の中だ――それでは（ウェル）。

――ねえ、軍服姿での最後の数か月を耐えるために、僕はどうしたらいいだろう？――（戦争は終わったと聞かされた）――僕はもう限界だ……それに奴らは警戒している。奴らは何かを疑っている――僕を支配している間に、奴らが僕の頭を空っぽにしなければいいが。

――L・A〔アラゴン〕の映画評（「フィルム」誌）を読んだ、さし当たって、これ以上の喜びはない。自由になったら、かなり面白いことができるだろう。

J・T・H

ブルトン宛の手紙（抄）

一九一八年十二月十九日付

『戦争の手紙』1919

〔…〕――僕は色鉛筆で目の粗い紙にふざけた絵を描き、何かためにメモをしている――よく分からない。僕はもうどうなっているのか分からなくなってしまった、君は芝居の筋（登場人物たち――思い出してくれ――詳しく説明してくれたじゃないか）や――君の詩につける木版画について語ったが――延期になったのかい？　悪いが、君の最後の手紙は謎めいていて、よく理解できなかった。僕にどうしろと言うんだ？――ねえ、君？――ユーモアは――ねえ、親愛なるアンドレよ――それはつまらないものではない。それはありふれた新自然主義とかではない――できたら――もっとはっきり書いてくれないか？――僕たちは、満足のいく、多分スキャンダルになる宣言ができるまで、世間を茫然とした半・無知の状態に放っておこうと決めたはずだ。でも、やはり、偽りで少し冷笑的な、いずれにせよ恐ろしいあの神が示した道を準備するのは、君に任せることにする――本当の新精神が解き放たれたら、どんなに愉快だろう！

――色々な切り抜きを貼った君の手紙を受け取った、気に入ったよ――とても美しい――でも、鉄道の時刻表の切り抜きがないようだ、違うかい？……アポリネールは、僕たちのために多くのことをしてくれたし、もちろん死んでいない、それに、よくぞぴったり立ち止まってくれた――前にも言ったが、繰り返そう、彼は一時代を画した。これから、僕たちはすごいことができるだろう――今だ！

――最近書いたものから、一つ抜粋して同封する――T・F〔フランケル〕が「いかがわしい雑誌」と呼んでいるもののどこか、君の詩の横に載せてくれないか――彼はどうしている？――それも教えてくれ。いかに彼のおかげでこの戦争に勝ったことか！

――しばらくパリにいるのか？――ひと月以内にそちらに行くつもりなので、ぜひ君に会いたい。

君の友　ハリー・ジェームズ

ジャック・ヴァシェは一八九五年九月七日にブルターニュの町ロリアンで生まれ、一九一九年一月六日ナントで二十三歳で歿した。幼少期をインドシナで過ごす。父方の祖母はイギリス人で、ヴァシェは英語が堪能だった。ナント高校在学中の一九一三年二月、友人のジャン・サルマン（後に俳優、劇作家）、ウジェーヌ・ユブレ、ピエール・ビスリエらと雑誌「さあ行こう、悪集団よ」を発行。雑誌はその反戦的・アナーキズム的傾向のせいで、パリの新聞をも騒がすスキャンダルとなる。彼らは人間を階級化し、薔薇十字団のペラダンにならって、自分たちを高位の「サール」と呼んでいた。グループは一三年十月頃から翌年一月頃にかけて、「カナル・ソヴァージュ」誌を四号まで発行する。続く「サールたちが言ったこと」誌（一五年三月）は、ユブレ（一六年に戦死）が出征直前に作成したプロトタイプ以外には三部が存在するだけだが、集団的エクリチュールが試みられている点に、シュルレアリスムの先駆的特徴を見ることができる。

ヴァシェは一九一四年七月にバカロレアを取得。同年十二月に第一次大戦に動員されるが、一五年九月に榴弾でふくらはぎを負傷し、ナントの臨時病院に送られる。そして、同病院に配属されていたブルトン、テオドール・フランケルと出会い、ブルトンの「侮蔑的告白」によれば、「あらゆる事に、ほとんど重要性を与えない」態度によってブルトンを魅了する。

一九一六年五月に戦線に戻り、通訳として英国軍に所属。一九年一月、動員を解除されないまま、休暇で帰省していたナントのホテルで阿片中毒死する。ブルトンはこの死を自殺と考えた。同年、ブルトンは『磁場』をヴァシェの思い出に捧げ、書簡を『戦争の手紙』としてオ・サン・パレイユ社から刊行した。ブルトンは『第一宣言』の中で、「ジャック・ヴァシェは私の中でシュルレアリストだ」と書いたが、今回は『戦争の手紙』の他、ブルトンと出会う以前の詩作品、友人サルマンや、ナントの臨時病院で看護婦をしていたジャンヌ・デリアンに宛てて書かれた手紙も訳出した。ハリー・ジェームズ、トリスタン・イラールはヴァシェの筆名。◆

†シュルレアリスムの創成期

アンドレ・ブルトン

シュルレアリスム宣言（抄）　1924

シュルレアリスム（超現実主義）。男性名詞、心の自動現象で、それをつうじて話し言葉や書き言葉などあらゆるやりかたで、思考の現実の働きを表現することが提案される。美的または道徳的なあらゆる配慮の外部で、理性によって行使される一切の管理統制（コントロール）が不在の状態でなされる思考の書き取り。

百科事典の定義。哲学用語。シュルレアリスムは、それ以前には無視されてきたある種の連想作用がもたらす上位の現実への信頼、夢の全能性や思考の下心のない働きへの信頼に依拠している。シュルレアリスムはそれ以外のあらゆる心的機構を決定的に破滅させることをめざし、人生の主要な諸問題の解決にあたって、それらの機構に取って代わろうとしている。これまでに絶対的シュルレアリスムを実行したのは以下の諸氏である。アラゴン、バロン、ボワファール、ブルトン、カリーヴ、クルヴェル、デルテイユ、デスノス、エリュアール、ジェラール、ランブール、マルキーヌ、モリーズ、ナヴィル、ノル、ペレ、ピコン、スーポー、ヴィトラック。

シュルレアリスム第二宣言（抄）　1930

（…）

あらゆる点を考慮すれば、生と死、現実世界と想像界、過去と未来、伝えられること伝えられないこと、高いところと低いところが、そこから見れば矛盾したものとして知覚されることをやめてしまうような精神の一地点（『狂気の愛』では「至高点」、南仏の景勝地でもある）が必ず存在するのであり、シュルレアリスムの活動にこの地点を確定すること以外の動機を探し出そうとしても、徒労に終わるだけだろう。

（…）

人間は、身の毛もよだつ歴史上のいくつかの失敗のせいで正しい理由なしに怖気づくことがあったとしても、なお彼自身の自由を信じる自由を持っている。古い世界の雲が空にかかり、彼の盲目の力が障害に躓くとしても、人間は自分自身の主人なのだ。（…）彼があらゆる禁止を無視してすべての人々とすべての事物の獣性に逆らい、思想という復讐の武器を用いることを私は願う。そして、いつの日か彼が敗北し――だが敗北するのはこの世界が〈現実〉世界である時だけだ――、彼の小銃の悲壮な一斉射撃を全身に浴びることを願うのだ、まるで祝砲のように。

シュルレアリスム第三宣言か否かに関する序論（抄）

1942

おそらく私の内面にはあまりにも多くの北が存在しているので、私は何ごとにも完全に同意するような人間にはけっしてなれないのだ。私の眼に映るこの北は、花崗岩の自然の要塞と霧を同時に伴っている。私は、自分がみごとだと思える人物にはなにもかも要求せずにはいられないとしても、システムと名づけられるあの抽象的な構築物に対して、同じように信用することなど、まったくできはしないのだ。

（…）

透明な巨人

人間はたぶん宇宙の中心ではないし、照準点でもない。動物の序列の中で、人間より上の方に存在する生き物がいて、彼らの行動は、人間の行動がウスバカゲロウやクジラにとってそうであるように、人間には無関係であると考えることもできそうだ。これらの生き物が、ある種のカムフラージュを利用して、人間の諸感覚の座標系から完全に感知されなくなっていると考えても、必ずしもまちがいではない。動物の形態理論や擬態動物の研究だけでも、そのような性質のカムフラージュの可能性を想定することが可能だ。

（…）

新しい神話？　これらの生き物に対して、きみたちは幻影から生じたのだと納得させるべきだろうか、それとも彼らのほうから姿を現す機会を与えるべきだろうか？

未発表詩篇、1913

奇妙な肖像画

強い風が古びた秋の刺すような光線の下で、
彼の幻想を一つずつ落として静まり
彼の皺よる額のまわりに
夜の後悔を飛び回らせた。

彼の青い視線は、色褪せた日々の倦怠でくすみ
偽りの夜明けと厚化粧の夕焼けを避けたが
今は昔のその頃、われわれを取り巻く現実の壁を
その人は倒すのに手間取っていた。

時折白い憐れみが通過する彼の魂は
心を動かされた言葉を冬景色のように
凍てつかせる

そうして彼はまわりを見もせずに歩く。とはいえ
若い頃、彼は恋も人生も存在すると信じた
そしていくつもの詩篇が彼を長いこと夢に誘ったのだ

一九一三年六月

時代

『慈悲の山〔公益質屋〕』1919

夜明けよ、これでお別れだ！　ぼくは悪霊の森から抜け出す。ぼくは街道に立ち向かう、灼熱の十字架。祝福の葉影がぼくには失われた。八月はひき臼のように裂け目がない。

パノラマの眺めを覚えておけ。空間を吸いこんで、煙を機械的に分割せよ。

ぼくは自分のために一時的に囲われた場所を選ぼう。ツゲの枝が必要ならまたいで行こう。温室栽培のベゴニアのある田舎が雌鶏のように鳴いて、整列する。スカートのフリル付き裾飾りのある〔頭は鷲、胴は獅子の〕怪物グリフォンがなんて行儀よく集まってくるんだろう！

いくつもの泉から始めて、どこに彼女を探そうか？
彼女の石鹸の泡の首飾りを信用したのがまちがいだった。
甘い匂いのスイートピーを前にした眼。

*

椅子の上には固まったシャツ。絹の帽子が光を反射してぼくの追跡が始まる。男の予感……。一枚の鏡がきみに復讐して、敗者が礼服を脱がせてぼくを扱う。肉体を愛撫する瞬間が戻る。

家たち、ぼくは干乾びた仕切り壁を乗り越える。ひどいショックだ！　一台のベッドが冠たちに冷やかされる。

階段の踊り場ごとにぼくを圧倒する詩にたどり着け。

一九一六年二月十九日〔ブルトン二十歳の誕生日〕

『磁場』1920

蝕（エクリプス）（抄）

（…）

絶対的昼夜平分時（エキノクス）〔春分と秋分〕

あの平原に背を向けると、途方もなく大きな火事が見える。物がきしむ音や人の叫び声が消えていく。喇叭の孤独な告知があの枯れ木の林を活気づける。

四つの基本方位の地点で夜が立ち上がり、すべての大型動物たちは痛々しく眠っていた。街道、家々が明るく光る。雄大な風景が姿を消す。

（…）

彗星の時間はまだ訪れていなかった。

単純な雨が動かない大河の上に襲いかかる。

沼地のからかうような物音が湿度の迷宮に向う。流れ星と接触して、女性たちの不安げな眼が何年も閉じられる。彼女たちはもう六月の空とはるか沖の海のつづれ織り（タピスリー）しか見ないだろう。でも、そこには垂直の大災厄（カタストロフ）と歴史的出来事の魔法仕掛けの物音がある。

（…）

上部に脊椎を持つ大寺院（カテドラル）の漏出

これらの理論の最後の信奉者たちが閉まったカフェの

前の丘に居すわる。
　タイヤ　ビロードの脚
（…）

ひまわり

ピエール・ルヴェルディに

夏が下りてくる夕暮れに中央市場(レ・アル)を横切った旅する女は
つま先立ちで歩いていた
絶望がとても美しいマムシ草のようにとぐろを巻いていて
ハンドバッグの中にはぼくの夢と香水瓶があった
神の代母だけが嗅いだことのあるしろものだ
麻痺がもやのように拡がっていた
煙草を吸う犬〔レストラン〕には
賛成と反対が入ってきたばかりだったが
若い女からは斜めになってよく見えなかった
ぼくは白い硝石の大使夫人を相手にしていたのか
それともぼくらが思考と呼ぶ黒地に白の曲線が相手だっ
　たのか
無実の人々の〔噴水の〕舞踏会は宴たけなわで
マロニエの木々の中で提灯にゆっくりと灯がともった
影のない貴婦人が〔セーヌ河の〕両替橋の上で跪いた
〔左岸の〕ジ・ル・クール通りでは印紙はもう同じではな
　かった
夜ごとの約束はついに果たされた
伝書鳩と救いの口づけが
見知らぬ美女の胸もとで結びついた
完璧な意味作用のクレープ布の下に突き出た胸
一軒の農家〔花市場〕がパリの真ん中で繁盛していた
そしてその窓は夜空の銀河〔乳の河〕に面していた
でも不意の来客のせいで家にまだ誰も住んでいなかった
戻ってきた幽霊より献身的だと評判の不意の来客たち
なかにはあの〔劇場の〕女性のように泳ぐ姿の者もいた
そして愛の中には彼らの体の組織が少し入りこんで
彼女は彼らを内在化する
ぼくはどんな官能的力にも翻弄されてはいない

『地の光』1923

それでも灰の髪の毛の中で歌っていた蟋蟀(コオロギ)が
ある夜〔パリ市庁舎の庭の〕エチエンヌ・マルセルの銅像
　のそばで
ぼくに合図の目くばせをして
こう言ったものだ　アンドレ・ブルトン　通れ

そこから出ることはない（抄）

ポール・エリュアールに

自由　人間の色
いっせいに飛び散るのは誰と誰の口だろうか
落ちてくる瓦に注意
勢いよく成長するあの奇怪な植物群の下では
沈む夕日　犬もねそべって
豪華な邸宅の入り口のステップを見捨てる
ゆっくり動く青い胸で時間の心臓が脈打つ
若い裸の娘がサン・ジョルジュ像のような鎧を着た美男
　のダンサーに抱かれる
でもそれはずっとあとのことだ
弱々しい男性像の列柱

＊

（…）
存在しないだろう別世界で
ぼくが見かけるきみは白くてダンディだ
女たちの髪はアカンサスの匂いがする
ああ　思考の上にはガラス窓が積み重ねられ
ガラスの地面の中でうごめくのはガラスの骸骨たち

＊

難破船メデューサ号の筏の話なら誰でも聞いたはずだ
だから天空にあの同じ筏を思い描くこともできなくはな
　いだろう

『地の光』1923

警戒せよ

パリでよろめいて立つサン・ジャックの塔は
ひまわりに似ている
その額には時おりセーヌがぶつかりその影は曳き船の間
　に気づかれずにすべりこむ
その時眠りの中で爪先立って
私は自分が横たわっていた寝室へと向かう
そして私は部屋に火をつける
人が私から奪ったあの同意について何ひとつ残らないよ
　うにするために
すると家具たちは同じ大きさの動物に場所を譲り兄弟の
　ように私を見つめる
ライオンのたてがみの中では椅子が燃え尽き
鮫の白い腹はシーツの最後の震えと合体する
愛を交わす時間、青いまぶたの時間に
今度は私が燃え上がるのが見える
私の身体という無価値なものの厳粛な隠し場所
火の鳥朱鷺の我慢強い嘴につつかれる場所
すべてが終わった時私は目に見えなくなって箱舟に入る
足を引きずってとても遠くから玄関のベルを鳴らす通行
　人にはお構いなしに
私には太陽の尾根が見える
雨のサンザシをとおして
人間という下着が一枚の大きな葉のように引き裂かれる
　音が聞こえる
たがいに共謀する不在と存在の爪の下で
編み機が全部古くなって香水付きのレース編みにしか使
　えない
完璧な乳房のかたちをした貝模様のレース
私はもう事物の核心にしか触らずに糸を引く

『白髪の拳銃』1932

自由な結びつき（抄）

私の妻は森で燃える火の髪の毛
エプロンのかたちをした
熱の閃光のパンジーの花

『白髪の拳銃』1932

私の妻は虎の歯にくわえられたカワウソのかたち
私の妻は革命派の帽子の記章と極限の大きさの星たちの
　花束の口
白い地面の白ネズミの足跡の歯
琥珀と磨かれたガラスの舌
私の妻は短刀で刺された聖体パンの舌
両目を開けたり閉じたりする人形の舌
信じられないほどの石の舌
（…）
私の妻は時計と絶望の動きの
火の矢のふともも
私の妻は骨髄とニワトコの木のふくらはぎ
私の妻は頭文字（イニシアル）の足
（…）
私の妻は海のモグラの巣の乳房
私の妻はルビーの炉床の乳房
朝露の下の薔薇の花のスペクトル光の乳房
私の妻は日々が拡げる扇の腹
巨大な鉤爪の腹

私の妻は垂直に逃げ去る鳥の背中
水銀の背中
光の背中
（…）
私の妻は海藻と昔のボンボンのセックス
私の妻は鏡のセックス
私の妻は涙のあふれる眼
獄中で飲むための水の眼
いつも斧がくいこむ森の木の眼
水の高さ空と大地と火の高さすれすれの眼

『詩篇』1943

戦争（抄）

マックス・エルンストに

私は野獣が体を舐めるのを見ている
野獣は周囲のすべてともっとよく混ざり合うように自分
　を舐める
その眼は海の波の色で

突然汚れた下着や残骸を引きずりこむ池に変わる
いつも人間をさえぎる水たまり
腹の中にオペラ座のためのちょっとした場所がある池
なぜなら燐の光は体を舐める野獣の
眼の鍵で
その舌は
なぜか突出され　でもどこへ届くのかはわからず
大きなかまどの炎が出会う場所なのだ
その下の方には野獣の宮殿が見える
袋の中のランプでできた宮殿
（…）
私は野獣が私の方に振り向きもう一度汚れた稲妻の光が
　見えたと思った
見張り番のいる白樺の林の奥で膜に覆われた野獣は白か
　ったと思った
野獣は自分の船のロープに巻かれ　船の舳先にひとりの
　女が飛び込んだ　愛に疲れて緑の半仮面で飾り立てた
　女だった
偽りの警告　野獣は乳房のまわりで勃起する王冠状に爪
　を保ち
私は野獣が尾を動かす時によろめきすぎないよう努める
その尾は斜めに切断された豪華な馬車でもあり
ハンミョウの息の詰まる臭いのする鞭の一振りでもある
黒い血と黄金で汚れた敷き藁の臭い　月に向って野獣は
　不満げに興奮する樹木で一本の角を研ぎ澄まし
ぞっとするほど物憂げに体を丸める
満足げに
野獣は自分のセックスを舐めるが私は何も言わなかった

『革命三部会』1944

革命三部会（抄）

（…）
だがその時光が戻る
煙草を吸う快楽
青と赤の斑点がある灰だらけの蜘蛛の妖精は
彼女のモーツァルトの家〔霊媒の絵〕にけっして満足し
ない

傷口は癒されすべてが認識されることを求め私は語るそ
　して君の顔の下で影の円錐が回転する海の底で真珠貝
　を呼び出した円錐が
瞼が唇が太陽の光を吸いこむ
闘技場はからっぽだ
一羽の鳥がそこから飛び立つ時に
藁と糸を忘れることをあきらめた
ミツバチの群れが滑空を心地よいと感じたとしてもそれ
　までだ
矢が放たれる
ひとつの星ひとつの星だけが夜の毛皮の中に失われる

ニューヨーク、一九四三年十月

『詩篇１９４８』1948

サン・ロマーノへの道の上で（抄）

詩は愛と同じでベッドの中で作られる
その寝乱れたシーツは事物の世界の夜明けの光だ
詩は森の中で作られる

詩には欠かせない空間がある
目の前の空間ではなくて別の空間で
鳶（とび）の眼
木賊（とくさ）の上の朝露
銀の盆の上で曇ったトラミネ白ワインの思い出
海の上のトルマリンの長い杖
そして精神的冒険へと向かう道
最初は急坂で
すぐに複雑に曲がりくねる

詩は屋根の上で叫ぶようなものではない
ドアを開けておいたり
証人を呼んだりするのもふさわしくない
（…）
愛の行為と詩の行為は
大声で新聞を読むこととは
両立しない

太陽光線の方向
樵（きこり）の斧の打撃を続けさせる青い微光
ハート型また魚の簗（やな）形のクワガタムシの軌跡
ビーバーの尾に合わせた鼓動
古い階段の上から撒かれるドラジェ〔祝い用の菓子〕
　雪崩
（…）

『詩篇1948』1948

ティキ*

私は多くの海の顔を持つお前を愛する
緑色の時でも卵のように赤くなるお前
お前は私を森の空き地に連れて行く
両手の中の鶉（うずら）のように優しい場所へ
お前は私を女の腹に押しつける
真珠色のオリーブの木に押しつけるように
お前は私に均衡をもたらし
お前は私を寝かせる
それ以前も以後も
生きてきたという事実と関連づけて
ゴム製の私の瞼（まぶた）の下で

*ティキはオセアニア先住民の守護神。ずんぐりした体に大きな丸い眼を持ち、神話では最初の男性とされる。（訳注）

シャルル・フーリエへのオード（抄）

『シャルル・フーリエへのオード』1947

（…）
ある学者は黒メガネをかけていたのに
原子爆弾の最初の実験に数マイル離れて何度か立ち会っ
　て視力を失った（新聞報道による）
フーリエよ　コロラドのグランド・キャニオンから
　私は君に挨拶を送る
私には君の頭をかすめて飛ぶ鷲が見える
鷲はその爪でパニュルジュの羊をつかんでいる

そして追憶と未来の風が
鷲の翼の羽根の中で君の友人たちの顔を通過させる
彼らの中にはもう顔を持たない者まだ顔を持たない
　者も少なくない
（…）
黄金を探す男たちのネヴァダから私は君に挨拶を送
る
果たされた約束の土地から
高望みすぎる約束が地層に埋もれた土地へ　そこで
　はまだ果たすべき約束がある
いちばん美しい空を映す藍銅鉱（アズリット）の鉱山の底から
死んだ都市――ヴァージニア・シティ――の通りに
　いつまでもかかっているあのバーの看板「古い血
　のバケツ亭」〔バケット・オブ・ブラッドは昔の通り
　の名前〕のむこう側へ――
（…）

解説

アンドレ・ブルトンは一八九六年二月十九日フランス北西部タンシュブレー（Tinchebray）に生まれ、一九六六年九月二十八日パリで七十歳で歿した。生年はツァラや宮澤賢治と同年。誕生日について本人は水瓶座へのこだわりから二月十八日と自称。パリでは長年九区フォンテーヌ通り四十二番地のアパルトマンで暮らした。

父親の転勤で幼少期にパリ近郊パンタンに移住、高校生の頃から詩作を志すが、母親の強い希望で一九一三年パリ大学医学部入学、翌年第一次大戦開戦後まもなく軍医補として動員、精神医学の実践を体験したことがシュルレアリスムを着想する重要なきっかけとなる。戦時中も詩作を続けアポリネールと交友、スーポーを紹介され、また同じ病院の研修医だったアラゴンと親交を結ぶ。

戦後一九一九年春パリでスーポーと最初の自動記述の実験を行い、その結果を『磁場』と題して彼らの同人誌「文学」に発表、翌年ピカビアの挿画付きで出版した。

チューリッヒのツァラとは一九年初め友人ヴァシェの急死直後から文通、二〇年一月にツァラがパリに移住してパリ・ダダが始まるが、無意味の祝祭を企てるツァラと無意識の探求をめざすブルトンの対立が激化、二一年にブルトンはウィーンのフロイトを訪問、二二年には独自の活動として催眠実験などを行い、シュルレアリスムを模索する。この語はアポリネール『ティレジアスの乳房』序文中の表現に由来し、二二年秋には自動記述の意味ですでに使われていた(「霊媒の登場」)。二四年十月『シュルレアリスム宣言・溶ける魚』、十二月機関誌「シュルレアリスム革命」刊行、新たな運動が始まる。

その後のブルトンの生涯はシュルレアリスムの歴史とぴったり重なっているので、ごく手短に要約するにとどめるが、二〇年代後半にシュルレアリスムは政治運動に接近し、ブルトンはペレ、アラゴン、エリュアールらとともにフランス共産党に入党、シュルレアリスムの内部対立が深まりアルトー、デスノスらを除名、再出発のために一九三〇年『シュルレアリスム第二宣言』と新雑誌「革命に奉仕するシュルレアリスム」が刊行される。その前後に二八年『ナジャ』、『シュルレアリスムと絵画』、三二年『通底器』、三七年『狂気の愛』など重要な著作を発表、ブルトンの声価は世界中で高まり、ダリの参加もあってシュルレアリスムは二十世紀最大の芸術運動として認知され、三六年ロンドン、三七年東京でシュルレアリスム国際展が開催される。他方、三〇年代にはソヴィエト・ロシアでスターリンによる社会主義リアリズムの強制と反対派の粛清が強行され、ブルトンはトロツキー支持に傾いて共産党から除名、アラゴン、エリュアールと訣別、三八年にはメキシコ亡命中のトロツキー訪問、共同声明「独立革命芸術のために」を発表するが政治的には孤立した。第二次大戦中は一九四一年渡米、ニューヨークでデュシャン、マッソン、エルンストらと再会、シュルレアリスムの雑誌「VVV」(Victory, View, Veil)を発行(編集長D・ヘア)、四四年『秘法17』刊行。

一九四六年帰国後もシュルレアリスムの実践の先頭に立ち、四七年ソルボンヌ大学での講演「シュルレアリスムと戦後」でブルトンの大戦中の不在を批判したツァラを糾弾、その後はコミュニズムよりアナーキストへの共感を公然化し、彼らの機関誌「リベルテール」の寄稿者となる。五三年『野をひらく鍵』、五七年『魔術的芸術』出版、また五六年「シュルレアリスム・メーム」、六一年「ラ・ブレッシュ」などの雑誌を創刊し、運動の継続を強調したが、六六年新雑誌「ラルシブラ」刊行準備中に南部サンシル・ラポピー（フランスでいちばん美しい村とされる）の別荘で倒れ、パリの病院で死去。バティニョル墓地に埋葬された（ペレの墓に近い）。ブルトンの生涯の詳細についてはアンリ・ベアール著『ブルトン伝』（思潮社、塚原史・谷昌親訳）を参照されたい。

今回の新訳では、シュルレアリスムの理解のためにブルトンの最重要テクストである「宣言」の核心部分をまず訳出した。理性に管理されない言語という自己矛盾をはらんだ「自動記述」から現実世界と想像界の矛盾が解消される「精神の一地点」（至高点）をへて同意を拒否する「北」へといたる展開が見て取れるはずである。次いでプレイヤッド版『全集』初出の十七歳の詩篇から『慈悲の山』、『磁場』、『地の光』、『白髪の拳銃』など代表的詩集の作品を概観したが、「自由　人間の色」、「タイヤ　ビロードの脚」といった表現は今なお豊かなイメージを喚起する。一九二三年の「ひまわり」について、ブルトンはそこに描かれた想像上の場面どおり三七年に二度目の妻ジャクリーヌ・ランバとの出会いが実現した驚きを『狂気の愛』で書きとめている。「ひまわり」の連想は「警戒せよ」の冒頭でも有効で、燃え上がる室内の描写は表題とともに三〇年代パリの一触即発の危険な政治状況を予感させるが、三四年二月ファシスト暴動によって現実のものとなる。「自由な結びつき」は内縁関係の意でブルトンの代表作。他にマルチニック経由で北米に移住した四〇年代前半の詩篇を訳出した。「戦争」のグロテスクな「野獣」は歪んだ西欧文明そのもので前近代の偶像「ティキ」と対照的だ。「革命三部会」の「モーツァルトの家」は劇作家で霊媒だったヴィクトリアン・サルドゥのエッチング（一八五八年）で、最初期の自動記述絵画としてブルトンが三〇年代から注目していた。「フーリエへのオード」はユートピアへの憧憬を伝えるが、ブルトンが原爆実験にふれていることはあまり知られていない。「パニュルジュの羊」はラブレー『パンタグリュエル』で巨人が一頭の羊を海に投げこむと群れが続々と海に入ったエピソードのこと。♠

ルイ・アラゴン

澄み切った木曜日

『祝火』1920

道を、畑を、僕はどこを走っていたのだろう。曲がり角では板ガラスが、僕を別の沼地へと狩り立てていた。

緑色の大通り！　以前は目を伏せずに見とれたものだが、太陽はもう紫陽花ではない。

無蓋の四輪馬車は象徴の山車となる。女神フローラ、そして青ざめた唇のあの少女。質素な牧草地にしては豪勢で、手すりには幾つもの旗！　恋人たちはみんな、窓辺に立つだろう。僕を祝福して？　それは思い違いだ。

日の光が僕を満たす。白い鏡や擦れ違った女たちは、僕にどうして欲しいのだろう。嘘をつく、それとも戯れる？　僕の血はそんな色ではない。

火星の燃えるアスファルトの上で、おお、スノードロップよ！　僕の心がみんなに知れた。

恥ずかしかった、恥ずかしかった、ああ！

青白い人

『祝火』1920

石のように不幸で
　　悲しみに満ちた
　　痩せた男
譜面台は消えてなくなりたかったのかもしれない
なんて寒さだ　風が真直ぐに僕の体を突き抜ける
葉むら
死んだ耳
一人でどうやって足踏みをしたらいいのか
どの足で一週間を踊ればいいのか
いつまでも続く沈黙
冬を過ごすのに一つの優しい言葉もなく
友人の魂の影　文字
住所だけ
　僕の血は一巡りしかできないだろう
音が空間に消える
凍った指のように

もう何もない
　氷の上に捨てられた片っぽのスケート靴以外には
誰か
　　　　瘦せて日に透けそうだ

『祝火』1920

石が割れる

　冬の日々　木片
　僕の友人は目を赤くして
　葬列に続く　氷片
　僕は死者に嫉妬している

人々がハエのように死ぬ
誰かがそっと言う　おまえが間違っていると
青い空　ひび割れた唇　恐怖
僕は道をくまなく歩く　悪意はないのだ
詩人の姿と罠猟師の影をたずさえて
　誰かがくれる　お祭りを
　　オレンジを
僕の歯　わななき　熱　頭から離れない想い
鉄屑市の火鉢の全て
もう寒くて死ぬしかない
みんなの見ている前で

「プロヴェルブ」6号、1921／『永久運動』1925

イザベル

I・R夫人へ

一本の白い草　あるいはむしろ
沈黙の足をした一匹のオコジョが僕は好きだ
あれは揺れ動く太陽だ
あれはコートを着たイザベルだ
ミルクの色　大胆不敵な色

不器用な

第一に　君を愛している
第二に　君を愛している
第三に　君を愛している
君をすごく愛している

魅力たっぷり　スマートに
こう言おうとして　僕は必死になる
僕は一度だって
相手の欲望をかき立てたい時
そうできた試しがない
まっすぐに感情を露出してしまう
心でも体でも　それが僕の癖なんだ

ちくしょう　こんなのちっとも面白くない
魅力ゼロだ

『大はしゃぎ』1929

廃墟で叫ぶ詩（抄）

二人で唾を吐こう　二人で
僕らの愛したものの上に
僕らの愛したものの上に　二人で
君さえよければ　だって二人でやれば
ちょうどワルツの節になる
僕らの間を行きかう暗く比類ないことがらは
フォリーニョか　オーヴェルニュのラ・ブルブールの
どこかの荷物預け所に置き去りにされた
鏡と鏡の対話のようだ
いくつかの名は遠い雷鳴を積んでいる
さあ　二人で唾を吐こう　あれらの広い地方の上に
そこでは何台かの貸自動車が走り回っている
さあ　なおも何かが
何かが
僕らを結びつけなくては　さあ唾を吐こう
二人で　これはワルツだ
ちょっとしたすすり泣きのようなものだ

『大はしゃぎ』1929

唾を吐こう　あれは荷物預け所だ
鏡たちのワルツ
どこにもない対話
あれらの広い地方に耳を傾けよ　そこでは
僕らの愛したものの上に　風が涙を流している
片や地面に両肘をついた馬　片や布を振る死者
君の足跡　僕は燃える山の肩にある無人の村を思い出す
僕は君の肩を思い出す
僕は君の肘を思い出す
僕は君の布を思い出す
僕は君の歩き方を思い出す
僕は馬のいない村を思い出す
僕は君の視線を思い出す　それは僕の空っぽの心を
死者をマゼッパ〔リストの曲〕を燃え立たせ　馬はそれ
　を
あの日のように　僕の前で山へと運び去る
殉教の樫の木々の間を行くと　陶酔に僕の歩は早まった
木々は予言者のように血を流し
青いトラックの上　日は陰りつつあった

僕はたくさんのことを思い出す
たくさんの夜を
たくさんの部屋を
たくさんの階段を
たくさんの怒りを
どうでもいい場所でのたくさんの宿泊を
でもそこで　神秘な精神は目覚めた
目の見えない子供が国境の駅で発する叫びに似て
僕は思い出す
（…）

『エルザの眼』1942

エルザの眼

君の眼があまりに深いので　飲もうとして身をかがめ
僕は見た　全ての太陽がやって来て姿を映すのを
絶望した全ての者が死のうとして飛び込むのを
君の眼があまりに深いので　僕はそこで記憶を失くす

鳥たちの陰に海が濁る
やがて空が急に晴れ　君の眼は色を変える
天使の前掛けの形に夏が雲を裁つ
麦畑の上ほど青い空はない

風は天の悲しみを吹き払おうとするが果たせない
一粒の涙が輝く時　君の眼は天よりも澄み
雨上がりの空は君の眼に嫉妬する
破片になった時ほど青いガラスはない

七つの苦悩の母　おお　濡れた光よ
七つの剣は色のプリズムを貫いた
涙の中に明ける日の光はさらに鋭く
喪の悲しみに黒く穿たれた瞳はさらに青い

不幸の中に君の眼は二つの裂け目を入れ
そこから三博士の奇跡が起きる
心を高鳴らせて三人は見た
馬槽にかけられたマリアの外套を

あらゆる歌のため　あらゆるため息のために
五月には言葉の唇一つで足りた
無数の星のためには空一つあっても足りず
君の眼と　その二つの秘密が必要だった

美しい絵本に心奪われた子どもが
見開くよりも大きく
君が眼を開く時　君は嘘をついているのかもしれない
にわか雨に野辺の花が咲くようだ

君の眼はこのラベンダーに稲妻を隠しているのか
昆虫たちはそこで荒々しい愛をほどく
僕は流れ星の網に捕われる
八月の真っ只中に海で死ぬ水夫のように

僕は瀝青ウラン鉱からラジウムを取り出し
その禁じられた火で自分の指を焼いた
おお　幾度も失われては見出された楽園よ

君の眼は僕のペルーだ　ゴルコンダだ　インドだ

ある夜　世界は砕けた
難船略奪者たちが火を放った暗礁で
僕は海上に輝くのを見ていた
エルザの眼　エルザの眼　エルザの眼

バラとモクセイソウ（抄）

『フランスの起床ラッパ』1946

ガブリエル・ペリとエティエンヌ・ドルヴ、
ギー・モケとジルベール・ドリュへ

神を信じていた者
信じていなかった者
ともに愛していた
兵士たちに囚われたあの美しき人を
ひとりは梯子に昇り
ひとりは下で見張っていた
（…）

神を信じていた者
信じていなかった者
城壁の上から
歩哨が撃った二発に
ひとりはよろめき
ひとりは落ちて死ぬだろう
（…）
神を信じていた者
信じていなかった者
反逆者は反逆者
僕らの嗚咽は弔いの鐘となり
冷酷な朝の訪れに
この世からあの世へと去っていく
神を信じていた者
信じていなかった者
どちらも裏切ることのなかった
あの美しき人の名を繰り返し
彼らの赤い血は流れる
同じ色をして　同じ輝きをして

神を信じていた者
信じていなかった者
血は流れ血は流れ
愛した大地に血は混ざる
新しい季節に
マスカットブドウが熟すため
神を信じていた者
信じていなかった者
ひとりは走り　もうひとりは翼を持つ
ブルターニュからもジュラからも
フランボワーズよミラベルよ
コオロギは再び歌うだろう
フルートよチェロよ　語ってくれ
燃え立った二重の愛
ヒバリとツバメ
バラとモクセイソウ

エルザへの愛（抄）

雨粒に嫉妬する
あれは接吻にそっくりだ
きらめくもの全ての目に
嫉妬の気持ちが沸き上がる
（…）
彼女の選んで歩く道に
そっと触れる風の両手に
僕は激しく嫉妬して
夢の途中で目を覚ます
（…）
いつの季節も嫉妬する
千の釘で貫かれ
理性が失われてしまうほど
妬み深い犬のように嫉妬する
（…）

『新断腸詩集』1948

解説

ルイ・アラゴンは一八九七年十月三日パリで生まれ、一九八二年十二月二十四日パリで八十五歳で歿した。一九一六年秋にパリ大学医学部に進学し、翌年、ヴァル・ド・グラース陸軍病院の医師補養成コースで一年上級のブルトンと知り合う。一八年六月には医師補として前線に配属され、激戦を体験。「私はとても嫉妬深い人間で、どうしてもそれを乗り越えられない」（六八年『ドミニック・アルバンとの対話』）と後年に語るとおり、一九年一月にブルトンからヴァシェの死を知らされた際には「死者にさえ嫉妬するL」と返信し、「青白い人」、「石が割れる」にもブルトンへの強い愛着が読み取れる。

一九年三月、ブルトン、スーポーとともに「文学」誌を創刊。十二月に第一詩集『祝火』を、二〇年二月に『アニセ、またはパノラマ、ロマン』を出版する。同年、パリ・ダダに参加し、エリュアールの「プロヴェルブ」誌にも協力した。詩集『永久運動』（二五年）の表題のとおり、彼の作風は変化を続ける。二四年末から、小説『パリの土地者』を「パリ・ジュルナル」誌に連載。翌年、リフ戦争を機にシュルレアリスム・グループは政治化し、アラゴンは二七年一月に共産党に入党した。二八年『文体論』を発表。二五年からナンシー・キュナードと交際していたが、関係が悪化し、二八年九月にヴェネツィアで睡眠薬自殺を図る。「廃墟に叫ぶ歌」は、その直後にミラノで書かれた。同年十一月、パリでマヤコフスキーの義妹エルザ・トリオレと出会う。二九年『大はしゃぎ』を出版。三一年十一月にシュルレアリスム・グループを代表して出席したハリコフの国際作家会議で、グループを否定する文書に署名。帰国後、アラゴンの詩篇「赤色戦線」によってグループは紛糾。三二年にシュルレアリスムから離脱した（アラゴン事件）。

第二次大戦中は対独レジスタンスに参加。作家全国委員会の発足に尽力し、以後フランス共産党幹部となる。「エルザの眼」、「バラとモクセイソウ」は代表的抵抗詩。その他主要作品は『断腸詩集』（四一年）、『未完の小説』（五六年）、『エルザ狂い』（六三年）、『現実生活』四部作（三四〜四四年）、『ブランシュ、あるいは忘却』（六七年）など。◆

フィリップ・スーポー

出発

時間だ
さらば

群衆が渦巻く
ひとりの男が興奮する
叫び声
私のまわりの女たち
誰もが私を押しのけて突進する
ほら　日が落ちる
私は寒い

彼の言葉とともに　私はその微笑みを持っていく

『水族館』1917

私は帰る

帽子がへこむ
私は今　真新しい咆哮を聞いている
すぐに窓が私に拍手を送る
私の机が微笑む

私は遠くに呼び鈴のボタンを見る
激しい風が私の髪を苛立たせる
無数に羽の生えた生き物　私はすぐにそうなる
私は脳を忘れて出発した

『水族館』1917

炎

引き裂かれた一つの封筒が私の部屋を広げる
私は思い出を押しのける
出発だ

『羅針盤』1919

私はスーツケースを忘れてしまった

裏箔のない鏡（抄）

『磁場』1920
（＊ブルトンと共作）

水滴の囚われ人、僕らは永久の動物にすぎない。僕らは音のない町を走り、魔法のかけられたポスターは、僕らにもう触れてこない。一体何の役に立つのか、これらの壊れやすい熱狂が、喜びの干乾びた跳躍が。僕らはもう、死んだ星々のことしか知らない、僕らは顔を見る、僕らは喜びの溜息をつく。僕らの口は、失われた浜辺よりも乾いている、僕らの目は、目標も希望もなく回る。
（…）

時折、風がその大きな冷たい手で僕らを包み、太陽によって切断された木々に僕らをつなぎとめる。僕らはみな笑う、僕らは歌う、しかし、もう誰も、心臓の打つのを感じない。熱が僕らを見放す。
（…）

今晩、僕らは二人で、僕らの絶望であふれるこの川を前にしている。もはや、考えることさえできない。言葉は僕らの引きつった口から漏れ出し、僕らが笑うと、行きかう人々は振り返り、怯え、急いで家路に着く。僕らを無視することができないのだ。
（…）

僕らの肉体に穿った窓が、僕らの心の上に開く。そこには大きな湖が見え、正午になると、芍薬のように香る金褐色のトンボがとまりにやってくる。あの大きな木は何だ、動物たちはそこへ行って見つめ合う。もう何世紀も、僕らはそれに水をやってきた。その喉は麦わらよりも乾き、灰がたくさん積もっている。人々が笑いもするが、望遠鏡なしに長く見てはならない。誰でも、あの血まみれの廊下を通ることができる、そこには僕らの罪という甘美な絵画が掛けられているが、灰色が支配的だ。
この晴れた日のように裸になるためには、僕らの両手と胸を広げさえすればいい。「知っているかい、今晩、緑色の犯罪を犯さなくてはならない。友よ、君は何も知らないのだね。この扉を大きく開けたまえ、そして自分にこう言うんだ。もうすっかり夜だ。昼は永遠に死んでしまった、と。」

ルイ・アラゴンは……

「プロヴェルブ」6号、1921

ルイ・アラゴンはガラスのカニューレ。
アルプは清潔な皺。
アンドレ・ブルトンは嵐の中のコップ。
ポール・エリュアールは星たちの乳母。
誰かさんは地の大蛇。
バンジャマン・ペレはレモン色のマンダリン。
ジョルジュ・リブモン＝デセーニュは蒸気人間。
ジャック・リゴーは窪んだ皿。
フィリップ・スーポーは音楽付き公衆トイレ。
トリスタン・ツァラは真珠の頭を持つ男。

風なのか

「シュルレアリスム革命」7号、1926

風なのか　突然私に
あれらの知らせを運んでくるのは
向こうに合図と叫びが
そしてもう何もない
夜だ
風は揺さぶり　歌う
後に続くのは砕ける音とゆっくりした埃
何か柔らかいもの
何か無気力なもの
バラ色の香りを吐いて
朽ちていく死んだメデューサたちの一人
風はあれらの粗末な
青い船と
蒸気を押し
これらの不幸な木々を揺する
雲を酔わすのも風だ
風は草をかすめる

私は知っている　風は私のところへ
この陰鬱な光と血まみれの影を押してくる
風はもう一度
私の心臓を鼓動させる
音を立て　裸の胸を叩く拳骨（げんこつ）
大気に酔った馬たちのギャロップ
炎となったこの赤い国で
風は向こうへ通じる道を見つける
私は振り返ってパリを見る
自らが煽（あお）るこの火事から逃がれようとして
風は私を前に押す
私は大地のへりにしがみつく
私は足を砂に食い込ませる
この砂で最後だ
その先には海がある
忠実な動物のように私をそっとなめる海
古い木片のように私を連れ去るであろう海
私は戦わない
私は待つ

風は私を押す
自分について小声で語りながら
向こうから
持ってきた曲を口笛で吹きながら
風は大声で言う　私の後ろで
一つの町が昼夜燃えていると
町もまた歌うのだと
最後の審判の時のように
私は熱い大地に全体重をかけ
風の話に聞き耳をたてる
風の方が強いのだが
それでも風は友軍を探している
風の方が強いのだが
過去と現在という友軍を探している
そして私の鼻孔に流れ込む
口に空気の玉を投げ込まれ
私は息苦しくなり吐き気がする
もはや前に進むしかない
大きく一歩踏み出すしかない

道は私の前にある
間違えることはない
道は広大で果てしなく
航跡がいくつかの筋となって見えるだけだ
この生きている道は近寄ってくる
舌と腕を使って
君たちにこう言うために
上手くいくだろう
しかもすぐに
この青い緑の道は
退いたと思えばまたやってくる
休むことなく跳ね返る
口笛で行進歌を吹き
背を叩き
怖がらせないように目を眩ませる
私は砂にしがみつくが　砂は指の間から逃れ去る
私は最後にもう一度聞こうとする
手足を震えさせる
あの揺れと叫びを

あまりに思い出が強いので
私はもう一度聞きたい
それに触れたいのだ
風はわずかな息吹しか運んでこない
いとしき
大きな動物のわずかな呼吸しか

あと三日間　この大地の上
いわゆる大いなる出発をひかえ
すっかり服を着た私
ハンチング帽をかぶり　大きなスカーフを首に巻き
赤い両手をし　顔を前につき出して
卑怯者のごとき私
全てを忘れ
それでもなお分かっている
人々がずっと背後で
森と平原の後ろで
駒のように揺れる町の真ん中で
人々が友人たちが　大地酔いを起こしていることを

彼らはそこにとどまり　何か分からないものを
火事か大惨事を待っている
この人々のことを私は忘れる
まるで彼らがもう死んでいるかのように
彼らは青白く　魂と呼ぶものを吐き出す
その間　私は嗅いでいる
風切りのとがった鼻で
塩の匂いと石炭の匂いを
あと三日間　そして海だ
私は綿の足でそれに触れるだろう
そして向こう　ずっと後ろには
ガラスのかけらがあるだろう
それはガラスの筋となり
あるいは一つの雲となり
もうよく分からないが
一目それを見て
さよならを言うだけの時間はあるだろう
そしてもう何もないだろう
大地は沈むだろう

海は青い黎明の中に昇るだろう
あと三日間　とどまる人々のことを考える
彼らは手足のようで
苦しまずには
引きはがすことができない
そしてついに
私の心は待ち切れずに破裂して
粉々に砕ける
私の心はたくさんのアリのようになり
大気にすっかり酔ってしまう

三日間　雷雨は吐き続ける
道々飲み込んできたものを
三日間　これ以上いまいましいことはない
火のそばで
じっとしていた人々にとって
所有していた全てのものが
頭の上に落ちてくるのではないかと
今や恐れている人々にとって

三日間　旅人たちを慰めようと
口笛を吹いていた海は
大地と戦う
海を育むつもりでいた大地は
今日立ち上がる
自分の国を
忘れたい者たちを追い払うため
今　一時が
十三時が
鳴ったようだ
こんなことは予期していなかった
別れようとしていた人々が
身を震わせて怒り
優しく
穏やかだと思っていた女が
激昂したのだ
彼女は何千もの拳を握りしめ
脅すように
それらを前に突き出している

さらに待たなければならない
秒数と日数を
それでもそれらは流れていく
砂にも記憶にも
もはやしがみつく必要はない
人々はここに鋲で留められている
壁の上の古い紙のように
窓のガラス越しに
通りで何が起きているのかが見える
その目を閉じる
曲が聞こえる
風がすき間で奏でているのだ
叩きつける音と
笛を使って

行こう行こう　立ち直るすべは見つかるだろう
いずれにせよ　苦しまなくていい
一巻の終わりだなんて思わなくていい
これからも少しは笑うだろうし　酒は大いに飲むだろう

あまりにたくさん飲むものだから　大地も海も
回ってしまうだろう
毎日毎晩回っているように
行こう行こう　うつむかなくていい
自分を不幸だなんて思わなくていい
あれやこれやをしたところで
何の役にも立たない
身を滑らせればいい
こんなふうに
眠りの中を　疲れの中を
そして忘れてしまえばいい
怒っているこの風のことなんか
いずれにせよ風は無力で
今回だって大地を倒すことなど
できやしないのだから
行こう行こう　手袋をはめよう
上着を着て旗を持ち
雨と夜を待ち
出発を待ち

海だ　まもなく太陽が昇る
海だ　この甘い微風
最後にもう一度　大地だ
大地は揺れている　蚤だらけの犬みたいに

『オード集』1946

ロンドンへのオード（抄）

ロンドンは爆撃される　これで百回目
何も失われはしない　君たちは不寝番だ
ビッグ・ベンとその鐘が告げる
丁度零時だと
新しい勇気の時だと
メルボルンがそれを聞く　オタワが
ケープタウンが　カルカッタが　オークランドが
世界中の都市が
フランス中の町が
そしてパリが

解説

フィリップ・スーポーは一八九七年八月二日パリ郊外シャヴィルで生まれ、一九九〇年三月十二日パリで九二歳で歿した。第一次大戦に動員されるが、病気のため一時的に除隊。その間、初めて書いた詩「出発」をアポリネールに送り、「ＳＩＣ」誌十五号（一七年）に掲載される。「ある日、パリの病院のベッドで、私は雪が降るのを見ていた。何故かは知らないが、一つの文が私の頭の中を回った。その文は、昆虫のような音を立てていた。それはしつこかった。なんてうるさい蠅なんだ！　それは二日も続いた。私は鉛筆を手に、それを書いた。何か、私の知らないものが破裂した。一連の抗し難い文が、鉛筆から汗の滴のように流れた。それは一つの詩だった。私はそう確信した。わたしは《出発》と題をつけた」（二七年『ある白人の物語』）という回想から、彼がオートマティスムの資質を備えていたことが読み取れる。

その後、アポリネールの紹介でブルトンと知り合い、アラゴンを交えた三人で、一九年三月「文学」誌を創刊する。五月から六月頃、ブルトンと自動記述作品「磁場」を共同執筆。「裏箔のない鏡」の訳出箇所は、草稿ではスーポーの筆跡なので彼の項に入れた。

二〇年からはダダ運動に積極的に参加し、再びブルトンとの共作で、戯曲「すみませんが」、「私なんか忘れますよ」を発表する。しかし、シュルレアリスム・グループの政治参加には否定的で、次第にブルトンから離反。二六年、文学をしたという理由で除名される。ジャーナリストとしても活動し、二九年からは各国を旅する。

第二次大戦中にヒトラーの傀儡ヴィシー政府によって逮捕されるが、アルジェに逃れ、爆撃を受けたロンドンを詩篇「ロンドンへのオード」に描き出す。戦後はフランスに戻り、ラジオ番組の制作に携わる。七三年に過去の詩篇をまとめた『詩とポエジー』を刊行。これを機にスーポー再評価の気運が高まった。『忘却の記憶』（七三年）、『二万一日』（八〇年）は、若き日々の貴重な証言である。主な詩集として、『水族館』（一七年）、『羅針盤』（一九年）、『ウェスト・ウィゴー』（二二年）、『ジョージア』（二六年）がある。◆

ポール・エリュアール

平和のための詩篇（抄）

8

長いこと、私は要らない顔を持っていた、
　　でも今は
　愛されるための顔を持っている、
幸せになるための顔を持っている。

『平和のための詩篇』1918

ここに生きるために（1918）

青空に見放され、私は火をつくった
友達になるための火を
冬の夜に入り込むための火を
よりよく生きるための火を。

私は火に、日の光からもらったものを与えた
森と茂み、麦畑とブドウ畑
巣と鳥たち、家々と鍵
昆虫と花々と毛皮と祭りを。

ぱちぱちいう炎の音と
熱の匂いだけを傍らに私は生きた
囲われた水に沈む船のようだった
死者のように、私はただ一つの元素しか持たなかった。

『開かれた本 I』1940

雌牛

私たちは雌牛を連れて行かない
　丈の短い乾いた草むらへ
　　愛撫のない草むらへ。

『動物たちと彼らの人間たち、人間たちと彼らの動物たち』1920

雌牛を迎える草はらは
絹糸のように滑らかでなくてはならない
ミルクの筋のように滑らかな絹糸。

人知れぬ母よ
それは子供たちにとって昼食ではなく
草上のミルクだ。

雌牛の前の草はら
ミルクの前の子供。

「文学」13号、1920

ダダ菓子店

テーブルは丸く、空は丈夫で、蜘蛛は小さく、ガラスは透明、両目は十種類の色を持ち、ルイ・アラゴンは軍功章を持ち、ツァラは梅毒を持たず、象たちは静かで、雨は降り、自動車は星よりもたやすく移動し、僕は喉が渇き、すきま風はむなしく、詩人たちは針山で――あるいは豚で、便箋は使いやすく、煙突は換気が良く、短刀は殺しやすく、拳銃はもっと殺しやすく、空気はいつでもとても濃い。
僕たちはこれらを飲み込むが、消化できるかどうかなんて知るものか。

『反復』1922

マックス・エルンスト

ある片隅で　軽やかな近親相姦が
小さなドレスの処女性のまわりを回っている
ある片隅で　解き放たれた空が
嵐の棘に幾つかの白い球を委ねている。

ある片隅で　あらゆるまなざしのもっと明るい場所で
私たちは苦悩の魚を待っている。
ある片隅で　夏の草むらでできた車が
誇らしくいつまでも止っている。

若さの光で
遅くに灯される幾つかのランプ
最初の明かりが見せる乳房を赤い昆虫たちが殺す。

『反復』1922

無

彼は一羽の鳥をテーブルに乗せ、鎧戸を閉める。彼は髪を整え、髪は両手の中で一羽の鳥よりもおとなしくしている。

*

彼女は未来を予言する。私はそれを確かめなくてはいけない。

*

傷ついた心、苦しんでいる魂、打ち砕かれた両手、白い髪、囚人たち、全ての水が剝き出しの傷のような私に注がれる。

『死なないために死ぬ』1924

両性の平等

君の目は専制の国から戻ってきた
そこでは誰も、まなざしとは何かを知らなかった
目の美しさ、石の美しさ、
水滴の美しさ、戸棚の中の真珠の美しさも知らなかった、

外皮のない剝き出しの石、ああ、私の彫像よ、
まばゆい太陽が君の鏡となる
太陽が夜の力に従うように見えるのは
君の頭が閉じたからだ、ああ、倒された彫像よ

私の愛によって、私の粗暴な策によって。
私の変わらぬ欲望が君の最後の支えだ
争わずして私は君を運び去る、ああ、私の似姿よ、
私の弱さに慣れ、私とつながる君よ。

恋する女

彼女は私の瞼（まぶた）の上に立つ
髪は私の髪の中にある、
彼女は私の手の形、
彼女は私の目の色、
彼女は空の上の石のように
私の影に飲み込まれる。

彼女は目を開けたままで
私を眠らせてくれない。
光を浴びた彼女の夢は
いくつもの太陽を蒸発させて、
私を笑わせ、泣かせては笑わせて、
話すこともないのに話させる。

『死なないために死ぬ』1924

剥き出しの真実

私はそれを知っている。

絶望には翼がない、
愛にもない、
それらは顔を持たない、
それらは口をきかない、
私は動かない、
それらを見ない、
それらに話しかけない
でも私は、愛と絶望の分だけ生きている。

『死なないために死ぬ』1924

一五二の諺（抄）

7．真珠を一つ見つけた牡蠣のように。
9．歩道は両性を混ぜる。

「ルヴュ・ユーロペンヌ」28号、1925
（＊ペレと共作）

17. カニは他のどんな名であっても、海を忘れない。
52. 一人の裸の女がもうじき恋をする。
62. 狼には二つの美しい顔がある。
85. 君たちは全てを読んだが、何も飲んでいない。
128. コップの中のトロンボーン。
136. 祖先の骸骨をひっかくな。
142. 星々のない夢は忘れられた夢だ。
147. 雨を感じたことのない者は睡蓮をばかにする。
148. 川は片眼だ。
151. 道ができたら、作り直さなければならない。

『苦しみの首都』1926

その目はいつも澄み切って

ゆっくりとした日々、雨の日々、
割れた鏡と失くした針の日々、
海の水平線に閉じられた瞼（まぶた）の日々、
そっくりな時間の、囚われの日々、

葉むらの上で、花々の上で、まだ輝いていた私の心
私の心は愛のように裸だ、
忘れていた夜明けの光に、それは頭を垂れ
従順で虚しい自分の身体を見つめる。

それでも、私は世界で一番美しい目を見た、
手にサファイアを持った銀の神々、
真の神々、大地の鳥たち
水の中の鳥たち、私はそれらを見た。

その翼は私の翼、あるのはただ
私のつらさを払い落してくれる飛翔だけ、
それは星と光を飛ぶ
それは大地を飛ぶ、石を飛ぶ
波打つ翼に乗って、

生と死に支えられた私の思考。

最初に（抄）

『愛、詩』1929

7

地球はオレンジのように青い
決して間違いではない　言葉は嘘をつかない
それらはもうあなたに歌わせない
口づけと口づけが分かり合う時なのだ
狂人たちと恋人たち
彼女　その結合の口
あらゆる秘密　あらゆる微笑
彼女の衣装の大らかなことといったら
まるですっかり裸のようだ。

スズメバチが緑色に咲く
夜明けの光が首のまわりに
窓のネックレスをかける
虫の羽が葉むらを覆う
君は陽光の全ての喜びを持っている
大地の上　君の美しさの道の上の
太陽の全てを持っている。

25

僕は君と別れてしまった
なのに愛は　まだ僕の前にあった
両腕を伸ばすと
苦しみは痛みを増してやってきた
砂漠を飲み干さなくてはいけない

僕が僕と別れるために。

自由を奪われて

『作業中徐行せよ』1930
（＊ブルトン、シャールと共作）

君のあとを追うことができないのなら
僕は唇に火をつける

僕は沈黙を焼く

ニュッシュ

はっきりした感情
近寄ってくる軽やかさ
優しく触れる髪。

不安もなく　疑いもなく
君の目は見るものに委ねられ
見つめるものに見られる。

二つの鏡に挟まれた
水晶の信頼
夜　君の目は途方に暮れる
目覚めを欲望につなごうとして。

『直接の生』1932

全ての女に代わるひとりの女（抄）

ひとりの女　あるいは何人もの女たち
嵐の上に横たわる青空
鳥たちの上の雪
ざらつく森の中の恐怖の物音

ひとりの女　あるいは何人もの女たち
人々は粘土の殻の中にカラスたちを撒いた
それらは色あせた羽と地震のくちばしを持ち
赤褐色で幻想的な嵐のバラを摘んだ

ひとりの女　あるいは何人もの女たち
太陽の飾り襟
太陽の巨大な襞襟
林間地に置かれた水差しの頸の上

ひとりの女　あるいは何人もの女たち
雨や晴れのことよりも

『直接の生』1932

自分の子供時代に心を奪われて
不安から遠く
そっと降りてゆく眠りよりも
さらにそっと出会える女たち

(…)

ひとりの女　あるいは何人もの女たち
全ての長所　全ての短所とともにある
女たち

ひとりの女　あるいは何人もの女たち
キヅタの手袋をした顔
焼きたてのパンのように食欲をそそり
私を揺さぶる全ての女たち
私の望んだもので身を飾り
静けさと清らかさで身を飾り
塩と水と日光と
優しさと大胆さと無数の気まぐれと
無数の鎖で身を飾る女たち

ひとりの女　あるいは何人もの女たち
私の見る全ての夢の中で
森の新しいひとつの花が
雌しべを束にした野生の花が
その錯乱の燃える円の中で開く
傷ついた夜に

ひとりの女　あるいは何人もの女たち

死にそうなほどの若さ
荒々しく　落ち着かず　不安でいっぱいの若さを
彼女は私と分かち合った
他の者たちには目もくれず。

『豊かな目』1936

パブロ・ピカソへ

良い一日　忘れられないあの人と再会した

あの人のことは　決して忘れない
束の間の女たちの目は
私に対し　歓迎の列を作っていた
彼女たちは微笑みに身を包んでいた

良い一日　憂いのない友人たちと会った
人間たちに重さはなかった
通り過ぎる者が一人
その影はハツカネズミに姿を変え
どぶの中に消えていった

とても大きな空を見た
全てを奪われた人々の美しいまなざし
たどり着く者のいない遥かな岸辺

良い一日　それは憂鬱に始まった
緑の木々の下で真っ暗に
けれども　それは突然夜明けの光を浴び
不意に私の心に飛び込んできた。

死

死はたった一人でやってきて、たった一人で去っていき、
生を愛した者は一人で残った。

『見せる』1939

自由

私の小学生用ノートの上に
私の学校机の上に　木々の上に
砂の上に　雪の上に
私は書く　君の名前を

全ての読まれた頁の上に
全ての白い頁の上に
石　血　紙　あるいは灰の上に
私は書く　君の名前を

黄金の聖像の上に

『詩と真実 1942』1942

戦士たちの武器の上に
王たちの冠の上に
私は書く　君の名前を

ジャングルの上に　砂漠の上に
巣の上に　エニシダの上に
私の子供時代のこだまの上に
私は書く　君の名前を

夜の驚異の上に
昼の白いパンの上に
婚約した季節の上に
私は書く　君の名前を

全ての私の青空の布切れの上に
池の上に　黴びた太陽の上に
湖の上に　生気ある月の上に
私は書く　君の名前を

畑の上に　地平線の上に
鳥の翼の上に
日陰の風車小屋の上に
私は書く　君の名前を

夜明けに吹く風の一つ一つの上に
海の上に　船の上に
途方もない山の上に
私は書く　君の名前を

雲の泡の上に
嵐の汗の上に
濃密でむっとする雨の上に
私は書く　君の名前を

きらめく形状の上に
様々な色の釣鐘の上に
物質的真実の上に
私は書く　君の名前を

目を覚ました小道の上に
広がった道の上に
あふれ出る広場の上に
私は書く　君の名前を

灯されるランプの上に
消されるランプの上に
集められた私の家々の上に
私は書く　君の名前を

鏡と私の部屋の
二つに切られた果物の上に
私のベッドの上に　空（から）の貝殻の上に
私は書く　君の名を

食いしん坊で優しい私の犬の上に
ぴんと立ったその耳の上に
不器用なその脚の上に

私は書く　君の名前を

私の戸口の踏み板の上に
慣れ親しんだ物の上に
祝福された火の揺らめきの上に
私は書く　君の名前を

委ねられたあらゆる肉体の上に
私の友人たちの額の上に
差し出されるそれぞれの手の上に
私は書く　君の名前を

不意を打つ窓ガラスの上に
注意深い唇の上に
沈黙の上に
私は書く　君の名前を

壊された隠れ家の上に
崩れ落ちた灯台の上に

私の不安の壁の上に
私は書く　君の名前を

欲望のない不在の上に
剝き出しの孤独の上に
死の行進の上に
私は書く　君の名前を

戻ってきた健康の上に
消え去った危険の上に
思い出のない希望の上に
私は書く　君の名前を

そして一つの言葉の力によって
私はふたたび人生を始める
私は生まれた　君を知るために
君の名前を言うために

自由。

解説

ポール・エリュアール（本名ウジェーヌ・エミール・ポール・グランデル）は一八九五年十二月十四日パリ近郊のサン・ドニで生まれ、一九五二年十一月十八日パリで五十六歳で歿した。一九一二年末からスイスの療養所で過ごし、同じく療養中だったロシア人少女エレナを、ガラと呼んで愛するようになる（ガラは後にダリと結ばれる）。一三年十二月、第一詩集『初期詩篇』出版。一四年末に第一次大戦に動員されるが、一七年二月にガラと結婚し、翌年娘セシルが生まれた。一七年七月に『義務と不安』を、一八年七月に『平和のための詩篇』を発表。その後、ジャン・ポーランを介してブルトンと文通を始める。ブルトンの『ナジャ』には、アポリネール作『空の色』の初演（一八年）の幕間に、戦死した友人と間違えて、エリュアールがブルトンに声をかけるくだりがある。一九年五月、除隊したエリュアールは三月に創刊された「文学」誌三号に寄稿、ブルトン、アラゴン、スーポーと共にグループの中核となる。

二〇年にはパリ・ダダに参加するとともに、「プロヴュルブ(諺)」誌を刊行。二五年『一五二の諺』(ペレと共作)、三〇年『作業中徐行せよ』(ブルトン、シャールと共作)、『処女懐胎』(ブルトンと共作)、三六年『詩に関するノート』(ブルトンと共作)など、実験的な共同作品も多い。『処女懐胎』日本語版(山中散生訳『童貞女受胎』、三六年)には、「互いに違っていながらも、人は類似でありたいと願う」、「壊し、作り、生きるために二人であることは、すでに万人である」と序文を寄せており、三六年の第一回シュルレアリスム国際展の講演「詩の明証性」で引用された「詩は一人によってではなく、万人によって作られなくてはならない」というロートレアモンの言葉の実践が、エリュアールの主要テーマだったことが分かる。

二四年、『死なないために死ぬ』の印刷完成前夜に失踪。タヒチを周遊して半年後にパリに戻り、同年刊行の「シュルレアリスム革命」誌に協力する。その後ダリを選んだガラと別れ、三四年にニュッシュ(本名マリア・ベンツ)と再婚。この時期の作品に、二六年『苦しみの首都』、二九年『愛、詩』、三二年『内面の生』、三六年『豊かな目』がある。三六年、スペインで開催されたピカソ展に合わせ、同地で講演。ピカソとの友情は生涯にわたり、三七年にはピカソの「ゲルニカ」に触発され、詩篇「ゲルニカの勝利」を書いた。他方、ブルトンとは三八年にシュルレアリスム国際展を成功させ、「シュルレアリスム簡略辞典」を共同執筆するが、エリュアールが革命的作家芸術家協会の機関紙「コミューヌ」に作品を発表したことから、メキシコでトロツキーと会見してきたブルトンと対立し、二人は決裂した。三八年『自然な流れ』、四一年『開かれた本』を発表。第二次大戦中は、アラゴン事件以来十一年ぶりにアラゴンと和解し、レジスタンスでは共産党側で活動した。詩篇「自由」は当初ニュッシュに捧げられ、表題は「ただ一つの想い」(サン・ドニ芸術歴史博物館所蔵の草稿で確認)だったが、愛の詩は「自由」の一語を最終行に置いたことで抵抗の詩となった。

四六年にニュッシュが急逝。五一年にドミニック・ルモールと再婚し、『フェニックス』を発表するが、五二年十一月十八日にパリで歿した。◆

バンジャマン・ペレ

憂鬱なボイラー室

テオドール・フランケルへ

私はあらゆる星々を夢想する
星々も同じことをする
無駄にする時間はない
これらは全て爆発するだろう
我々は負けた
我々は体が動かない
ため息をつくか見つめるか
いやちっとも　私はもう夢を見ず　ここから立ち去る
我々は負けてはいない

『大西洋横断定期船の乗客』1921

進め

進め　朝の虹が言っていた
進め　我々の若さの天窓へ向かって
我々は爆発した
そして青かったものはすべて青いまま残った

きみが菊の中に置いた
いくつかの小玉葱の思い出に
あのご婦人にボンジュールと言え

前へ　きみの頭を割れ
あるいは一番近くにいる仲間の頭を
そして二人そろって
我々は次の休暇にオリエント急行に乗ろう

『大西洋横断定期船の乗客』1921

眠る、眠る、石の中に（抄）

『眠る、眠る、石の中に』1927

1

（…）
鳥たちよ　私の両耳の鳥たちよ
飛び立て
飛び立て　すきま風のように
塩の亡霊に向かって　そこでお前たちの羽は呻く
呻く羽は再会のために霧雨を待つ
青ざめた羽は明日には緑色になるだろう
もしも嵐がその運命を明かすなら
A、B、C、Dのように消えていくその羽は
春　空の頭上に戻ってくる
何故なら空はお前たちの羽でできているから
私の両耳
それらの死は　お前たちの空の死だ
女たちの最古の宝石の血の滴り　水の滴り
（…）

春は新しい桜のせいで病んでいる
眩(まばゆ)い実をたくさんつけた桜のせいで
磁器の睫毛がそこに沈む
噴水の中の視線のように

長剣は座る　風は座る
海は色を変え　赤色が優勢になる
私の心の赤色は　その島々の風だ
風は昆虫のように私を取り囲む
風は遠くから私に挨拶を送る
風はその足音が私の影の上で弱まるのを聞く
あまりに青白いので　まるで飛ぶ魚のようだ

（…）

白鳥のくちばしの中にスグリの実を放ることで愛が生ま
　れるというのなら
私は愛する
何故なら私の血の白鳥は　世界中のスグリの実をみんな

食べてしまったから
何故なら世界とはスグリの実のことだから
そして世界中のスグリの実が　その目からあふれ出る
木々から塩が
音を鳴らす手から水が
乱れた髪に哀願され　その上で夜に泳ぐ
雪の蝿たちから愛撫があふれ出るように

4

私の恋人のように　裸で裸で
光は私の骨々に沿って下りてくる
時間のノコギリは石炭の歌をきしませる
何故なら石炭は今日歌っているから
石炭は愛の液体のように歌っている
容量の変わる液体
絶望の液体

ああ　道路の上で石炭は何て美しいのだろう　ヒマワリ
ヒマワリと四角形
私がお前を愛するのは地面が四角形だからだ
時間もそうだ
でも私は時間を一周しないだろう
何故なら時間はルーレットのように玉を回すから
玉は見ている
寄木細工の中で森を

脳よ鏡よ　転がれ
何故なら石炭は一人の神の顔をしているから
神々は　ああ桜よ　今日神々はピンをとめる
ズアーヴ兵たち〔アルジェリア出身〕の襟元に
ズアーヴ兵たちはもはや口髭を生やしていない
何故なら口髭は水の噴射に似合うから
カラス麦の軌道で
風に沿い　潮汐を追って射かけられた蠟引きのカラス麦
私の過ちの潮汐　そこにあなたは私たちの風を置いた
何故ならあなたの風は潮汐でもあるから
ああ　恋人よ

あなたは私の潮汐だ　私の満ち潮だ　私の引き潮だ
あなたは雪解けのように下り　そして上っていく
あなたは葉の落下の中にしか出口を持たない
あなたは逃れようとは少しも思わない
何故なら逃れることは　矢にとって都合がよいから
そして逃れる矢は　ため息の全てにそっと触れた
でも　あなたは逆波のように水の中にいて
窓ガラスの穴のように美しい
滝と瓶との思いがけない出会いのように美しい

滝はあなたを見る　瓶の美女よ
滝はうなる　それはあなたが美しいから
瓶よ
あなたから微笑みかけられ　自分が滝であることを残念
　に思うから
何故なら空は貧しい服を着ているから
その裸体がいくつかの鏡を映し出すあなたのせいで
その視線が病んだ風を殺すあなたのせいで
恋人よ　私の熱よ　私の血管よ

私は最も秘められた石のサークルの中であなたを待つ
劇的な船の槍に逆らって
あなたは一つの黒点に過ぎない私のところに来るだろう
私は亡霊たちの塩と一緒にあなたを待つ
揺れ動く水の反射の中で
アカシアの不幸の中で
割れ目の沈黙の中で
とりわけ貴重な割れ目　何故ならそれらはあなたに微笑
　みかけたから
雲が奇跡に微笑むように
液体がこどもたちに微笑むように
線が点に微笑むように

『大いなる賭け』1928

畑の蚤たち

耕せ　力いっぱい
耕せ　畑を道を河岸を
そこに好きなものを植えよ

敷石を煙を瓶を
耕せ耕せ　気が狂ったように
石の上に肥料を撒け
そこに旗を咲かせるために
色は赤でありますように
耳に時計の針をつけるなら
雨と風が味方して
おいしいものが獲れるだろう　妻の作るスープのように

耕せ　お前の畑と他の全ての畑を
足を使って鼻を使って
雄牛のように垣根を破れ
歌いながら

ルシヨン地方に
一人の農夫がいた
彼は鋤を響かせていた
持っていたのは一つの頭と二つの腕
四つの足と二つの目
一つの耳と三つの歯
けれども彼は農夫だった
時間を無駄にはしなかった

ルイ十六世は断頭台へ

『私はこのパンを食べない』1936

臭い臭い臭い
何が臭いって
それはルイ十六世の頭　上手く孵らなかった卵
彼の頭は屑籠に落ちる
腐った頭
一月二十一日は寒いから
血と雪が降っている
彼の古びた骸骨や
洗濯釜の底でくたばった犬から噴き出した
あらゆるごみが降っている
汚れた下着にはさまって
犬には腐るだけの時間があった

ごみ箱の中の百合の花のように
雌牛たちもそれを食べたがらない
なぜなら神の匂いがするから
泥の父たる神は
ルイ十六世に与え給うた
くたばるという神権を
洗濯釜の底の犬のように

『私は昇華する』1936

めくばせ

君の横顔を見ていると　私の頭の中をオウムたちが飛んで渡っていく
肥満した空に青い稲妻が線をつけ
縦横に君の名前を書く
黒人部族の髪型をして　階段の上で道に迷うローザ
そこでは女たちの尖った乳房が男たちの目を通して見る
今日　私は君の髪を通して見る
朝のオパールのローザ
私は君の目を通して目覚める
甲冑のローザ
私は爆発する君の乳房を通して考える
カエルたちのせいで緑色になった沼のローザ
私はカスピ海の君の臍の中で眠る
ゼネスト期間中の野バラのローザ
彗星たちによって豊かになった銀河の君の肩と肩の間で私は道に迷う
洗濯する夜のジャスミンのローザ
幽霊屋敷のローザ
青と緑の郵便切手であふれた黒い森のローザ
こどもたちが喧嘩をする空き地の上を飛ぶ凧のローザ
葉巻の煙のローザ
水晶となった海の泡のローザ
ローザ

誰かがベルを鳴らす

「一つの点、ただそれだけ」1946

舗石の膝の上で踊る手押し車のような蚤の跳躍
私が君と暮らすかもしれない階段で溶ける蚤
そして赤ワインの瓶にそっくりの太陽は
黒人になった
鞭打たれる黒人奴隷
でも私は君を愛する　貝殻がその砂地を愛するように
太陽がインゲン豆の形になる時、誰かが砂地に貝殻を見
　つけるだろう
インゲン豆は　にわか雨の下で腹の内を見せる小石のよ
　うに芽を出し始めるだろう
太陽が半開きのイワシ缶の形に
あるいは三角帆の破れた船の形になる時に
私は君の両腕のキヅタの飾りの上に霧状に吹きかけられ
　る太陽でありたい
君と知り合った時　君をくすぐったあの小さな昆虫
いや　違う
あの虹色の砂糖のカゲロウは私に似ていない　ヤドリギ
　がコナラに似ていないように
ヤドリギが持っているのは　もはやコマドリの夫婦が住
　まう緑の枝々の冠ひとつだけ
私はなりたい
君なしでは　私は次のバリケードを作る舗石と舗石の隙
　間になるのがやっとだ
私の胸の中には君の乳房がたくさんあるので
火を吐く二つの噴火口が　洞窟の中のトナカイのように
　姿を現す
君を受けとめるため
待ち望んだ裸の女を甲冑が錆の底から受けとめるように
燃える家の窓ガラスのように液化しながら
大きな暖炉の中の城のように
流されていく船そっくりに
錨もなく舵もなく
君の臍を思わせる青い木々の植わった島に向かって
一つの島　私はそこで君と眠りたい

バンジャマン・ペレは一八九九年七月四日ナント近郊レゼで生まれ、一九五九年九月十八日パリで六十歳で歿した。ブルトンの『ナジャ』には、喪服の女性が「文学」誌の未発行の号を求めてナントからやって来て、「文学に乗り出そうとしている人」のことをほのめかす一幕がある。そして物語はペレの登場を告げるのだが、実際ペレは一九二〇年にピカビアの紹介でブルトンに接近し、ダダに参加する。二一年のバレス裁判では、「フランス軍の軍用コートを着て、ガチョウのように歩き、ドイツ語で答える無名兵士」として登場し、ジャーナリズムを刺激した。同年末には第一詩集『大西洋横断定期船の乗客』を発表。スーポーによって絶賛され、グループ内での地位を固める。続く催眠実験の時期には、デスノス、クルヴェルとともに、高い夢見の能力を発揮した。二七年、長篇詩『眠る、眠る、石の中に』をイヴ・タンギーの挿絵で発表。翌年には『大いなる賭け』をブルトンに捧げる。二九年、前々年に結婚した歌手エルシー・ヒューストンとともにブラジルに渡る。しかし、マリオ・ペドロサらとの政治活動を理由に国外追放となり、三一年に帰国。ブルトンの『第二宣言』の後、メンバーの変動を経たシュルレアリスム・グループと再会する。三四年、『柴束の後ろに』を発表。三六年の『私は昇華する』には、ローザという女性の名が歌われる。同年にスペイン戦争が始まると、アナキスト系のマルクス主義統一労働党に協力し、義勇兵として戦った。第二次大戦に動員後も政治活動を続けたため、四〇年五月にレンヌの監獄に入れられるが、ドイツ軍の侵攻に伴い、同年七月に釈放。パリ、マルセイユを経由してメキシコに逃れた。四三年、メキシコで画家レメディオス・バロと再婚。戦後も、四八年まで帰国のめどは立たなかった。

四五年、『詩人の不名誉』を発表して対独レジスタンスの詩を批判し、宗教や祖国といった一切の目的に従うことのない、「人間の全的解放」としての詩を訴えて、ブルトンと連帯する。またアナキズムの「リベルテール」誌などに協力した。パリ、バティニョル墓地の草花に囲まれた小さい墓石には、三六年の詩集の表題「私はこのパンを食べない」の文字が刻まれている。◆

ロベール・デスノス

ローズ・セラヴィ（抄）

「新・文学」7号、1922／『人も積荷も』1930

ローズ・セラヴィは年ごとの土地台帳を星々の文字盤に
　久しく記入するのだろうか。
ローズ・セラヴィの国では人々は信仰も道義心もなく狂
　人と狼を愛す。
ローズ・セラヴィは塩売りのことをよく知っている。
あなたはローズ・セラヴィが両頰に火を注ぐ狂人たちの
　遊びを知っていると思うか。
ローズ・セラヴィの眠りの中には夜になるとパンを食べ
　に井戸から出てくる小人がいる。
ローズ・セラヴィの名高い行為が天の代数学に書き込ま
　れていることを知りなさい。
狂女たちの目は包み隠しがない。彼女たちは手漕ぎ船に
　乗って火の上を航海する、何ヤードも、何ヤードも。
どちらの極地で流氷は詩人たちの船を千のかけらに砕く
　のだろうか。
鉱山の奥でローズ・セラヴィは世界の終わりを準備する。
クラヴァンは岸に急ぎ彼のネクタイは風に揺れる。
ヴァシェの尊大な口ぶりには岩の上の波のように砕ける
　言葉があった。

夜だったある日

『焼かれ言語』1923

彼は川の底から飛び立った。
黒檀の石。金の鉄線と突起のない十字架。
何もない全て。
各々みんなと同様に、僕は愛をもって彼女を憎む。
死者は真空の大きな息を吸っていた。
コンパスは四角形と
五つの角を持つ三角形を描いていた。
そのあとで、彼は屋根裏部屋に降りて行った。
真昼の星々が輝いていた。

猟師が獲物袋を魚でいっぱいにして
セーヌ川の真ん中の岸に戻ってきた。
ミミズが一匹、円周上に
円の中心の印をつける。
僕の目は、黙って騒がしい演説をした。
僕たちは群衆のひしめく寂しい通りを進んでいった。
歩いてすっかり休んだので
僕たちは座り込む勇気が出て
目を覚ますと、僕らの目は閉じて
夜明けは僕らの上に、夜の貯水槽をまいた。
雨が僕らを乾かした。

「新・文学」11-12号、1923

詩人の栄えある日々

光の弟子たちは薄闇しか作り出さなかった。
川は女の小さな体を転がす。最期が近いのだ。
花嫁衣裳の寡婦が列を間違える。
僕らはみんな、自分の墓に遅刻するだろう。

肉体という船が小さな浜辺にはまり込む。舵手は乗客に
黙るように言う。
海はじりじりして待っている。主よ御許に近づかん！
舵手は海に話すように言う。海は話す。
夜は星々で瓶を封印し、輸出で財を成す。
ナイチンゲールを売る大きな商館が建てられる。けれど
も、白いナイチンゲールが一羽欲しいという、シベリア
の女王の希望を適えることはできない。
イギリス人指揮官は、塩の彫像の足の間で夜にセージを
摘むところを、もう人から見られたりはしないと誓う。
それで思い出したが、セレボス社の小さな塩入れは、細
い足でやっと立ち上がる。それは僕の皿の上に、人生で
残されたものを振りかけてくれる。
どうやって太平洋に塩味をつけようか。
僕の墓の上に救命浮き輪を投げてくれ。
何が起こるか分からないから。

今世紀のある子どもの告白（抄）

「シュルレアリスム革命」6号、1926

僕は一人遊びをしたものだ。六歳までは夢の中に生きていた。海難事故を想像しながら、僕は美しい船で航海した。寄木張りの床は荒波にそっくりだった。僕は好きなように、たんすを大陸に、椅子を無人島に思い描いた。何と危険な航海だったことか！　足の下にはヴァンジュール号が沈み、あるいはワックスをかけたナラ材の海の底にはメデューサ号が沈んでいた。僕は腕の力だけで絨毯の浜辺へと泳いだ。そんな風にして、ある日、僕は最初の官能を知った。本能的に、僕は官能と死の苦痛とを一緒にした。以来、旅をする毎に、僕は茫洋たる海で溺れ死ぬことを願った。そこでは、

「おお、どれほどの水夫が！　どれほどの船長が！

彼方の岸に向かって楽しげに旅立ったことか」

という、隠された本の中で偶然読んだ「大洋から夜が」〔ユゴー作〕の詩句の思い出が、へとへとにさせる快楽と混じり合っていた。（…）

あまりに君の夢を見たので

『人も積荷も』1930

あまりに君の夢を見たので、君は現実性を失う。

その生きた身体のもとへ行き、唇の上の、僕の大切なあの声の誕生に、口づけすることがまだできるだろうか。

あまりに君の夢を見たので、君の影を抱きしめて、僕の胸の上で交差することに慣れたこの腕は、君の身体の輪郭に、たわむことができないかもしれない。

何日も何年も僕に憑りつき支配しているものの、現実の姿を前にしたら、僕こそ影になってしまう。

ああ、感情の釣り合いよ。

あまりに君の夢を見たので、僕はきっともう目覚めない。立ったまま眠り、生や死のあらゆる訪れに身をさらし、そして、君、君だけが今大切なのに、どんな唇や額よりも、君の唇と額には触れられないのかもしれない。

あまりに君の夢を見たので、あまりに君の幻と、歩き、話し、寝たものだから、僕にはもう、それでも幻の中の幻に、影より百倍も影になるしかなく、君の生の日時計の上を軽やかに、今もこれからも歩き回るのだ。

もしも君が知っているなら

『人も積荷も』1930

僕から遠く、星々や海や詩的神話に付随するあらゆるものに似て、
僕から遠く、自分でも気づかぬうちに君は存在し、
僕から遠く、なおいっそう物静かに、というのも僕が絶えず君を思い浮かべているから、
僕から遠く、僕の美しい幻影よ、僕の永遠の夢よ、君は知るまい。

もしも君が知っているなら。

僕から遠く、僕に気づかず、僕に気づかないから、なおさら遠く。

僕から遠く、というのも君はおそらく僕を愛しておらず、あるいは同じことだが、僕がそう思っているから。

僕から遠く、というのも君は僕の燃えるような欲望をわざと無視するから。

僕から遠く、というのも君は残酷だから。

もしも君が知っているなら。

僕から遠く、おお、川の中、水生の茎の先で踊る花のように楽しそうに、おお、キノコ栽培小屋の夜七時のように悲しそうに。

僕から遠く、目の前にいる時と同様、まだ物静かに、高みから降りてくるコウノトリの形をした時間のように、なおも楽しそうに。

僕から遠く、蒸留器が音を立てる瞬間、静かで騒々しい海が、白い枕の上に引いていく瞬間。

もしも君が知っているなら。

僕から遠く、おお、僕の今の、今の苦しみよ、僕から遠く、明け方、レストランの扉の前で、夜歩きする者に踏まれて割れる、牡蠣の殻の素晴らしい音の中で。

もしも君が知っているなら。

僕から遠く、意志と物質からなる幻影よ。

僕から遠く、それは船が来ると遠ざかってしまう島だ。

僕から遠く、牛の静かな群れが道を間違え、深い断崖の縁で頑なに立ち止まる。僕から遠く、おお、君は残酷だ。

僕から遠く、流れ星が一つ、詩人の夜の瓶の中に落ちる。詩人は素早く栓をし、以来、彼はガラス容器に閉じ込

められた星を見張り、瓶の内壁に生まれる星座を見張る。僕から遠く、君は僕から遠い。

もしも君が知っているなら。

僕から遠く、一軒の家が建つ。

白い上っ張りを着た左官が足場のてっぺんでとても悲しい歌を歌うと、突然、漆喰の入った容器の中にその家の未来が現れる。口づけする恋人たち、二人の心中、部屋にいる見知らぬ裸の美女たち、彼女たちの真夜中の夢、そして寄木張りの床板に見破られたなまめかしい秘密。

僕から遠く、
もしも君が知っているなら。

僕がどんなに愛しているかを、もしも君が知っているなら、たとえ君が僕を愛さなくても、どんなに僕は嬉しいだろう、どんなに僕はたくましく、君のイメージを心に、この世界から去って行くことだろう。

どんなに僕は喜んで、死んでいくことだろう。

どんなに世界が僕に服従しているかを、もしも君が知っているなら。

そして君、美しき不服従の君もまた、どんなに僕に囚われていることか。

おお、僕から遠い君よ、僕は君に服従する
もしも君が知っているなら。


「ユキ 1930」未刊／『気ままな天命』1975

花束

三つの考え　三つのヒナゲシ　三つの憂い
三つの憂い　三つのバラ　三つのナデシコ
三つのバラは恋人に
三つのナデシコは友人に
三つのヒナゲシはとても悲しげなあの少女に
三つの考えは友人に
三つの憂いは僕自身に。

シラムール（抄）

『コメルス』28号、1931／『財宝』1942

僕は語ろう、完璧な、生き生きとしたシレーヌを。
かつて一人のシレーヌが
リスボンで生きていた。
蒔きなさい、種を蒔きなさい
僕が持っていた庭々で。
（…）
真夜中、城の下にいるのだが、この城は眠れる森の美女の城でも、スペインに一つきりの城でも、雲の王の城でもなく、山の頂にそびえる城壁は、海と平原と、他のたくさんの城を見下ろしており、それらの塔は海に姿を消す帆船のように、遠くで白くなる。平原の上、海の上は真夜中だ。ここから見える星座の中は真夜中だ。星が黒く、あるいは青く、薄闇の中、低く垂れこめた嵐のような砕けた泡の彼方に現れる。その光を浴び、草とハリエニシダの中に投げ捨てられた瓶に天の川が輝くが、天の川は瓶の中に入っているようにも、そうでないようにも見える。というのも、瓶はしっかりと栓がしてあり、仮面をつけたシレーヌが中で身を潜めているからだ。囚われの恐るべき、仮面をつけたシレーヌは、決して歌ってくれない海の驚異、夢の中のファントマと呼ばれる。
（…）
コウノトリ、沈黙と意味に愛された星
王たちの過ぎ去った接吻、望まれた槍
悪意ある空の屋根の下に描かれた円
羞恥心なき血と薔薇と藪によって
夜明けに一つの接吻から生まれるブルゴーニュ
包囲された何艘かの船、円のはっきりした言葉
円は三分割の中で
男を恋人に結びつけるプラス記号に苦しめられる
タツノオトシゴをシレーヌに
何も二人を傷つけませんように、何も二人を引き離しませんように
そんなことをしようとする奴は
悪意からであれば、くじかれるがいい
善意からであれば、無力になればいい
二人を分けるこの円によって

何もタツノオトシゴからシレーヌを
シレーヌからタツノオトシゴを引き離しませんように
そして彼は言う
何も彼女を傷つけませんように
その美、その若さ、その健康において
その富、その幸福、その人生において
（…）
底知れぬ瓶の中身の荒々しい流出。しかし、それは他と同じ瓶であり、〇・八リットルしか入らないはずなのに、まだ蜜蠟のこびりついた瓶の口からは、大洋がすっかり流れ出す。水の襲撃を受けた山々の震え、城の土台、星々の移動。夜のスミレの香りの中、自分の呼吸にとらわれたシレーヌを、夢想から引き離すことはできない。大洋よ、来い、来い、波を打て、波の形を変えながら、星座に刻まれた怪物たちを映し出せ。
（…）
すばらしい剣の戦い、僕の見ているこの光景、目の前で繰り広げられているのは星の戦いだ。星の突起は引っ込んだり伸びたりする。空のジゴマール、巧妙なる決闘者である星よ、君の最後の輝きは、数百万キロ先の諸惑星に向けて出発した。数百万年後の未来、君の船灯が星々の暗礁の中に見えないことに驚いた天文学者たちが、こう発表するだろう。天空で海難事故が発生した、不可思議な現象を記した長いリストに、君の失踪を書き加えなくてはと。五芒星である君の心を打ち、彗星の、太陽の、惑星の、星雲の、妹である他の星々の宝石箱から、君の輝きを消したのが、一人のシレーヌだと言ったところで、誰が信じてくれるだろう。中でも、親しかった北極星と南極星が君を惜しむだろう。

おお、シレーヌよ。どこまでも君についていこう。君は罪を犯したけれど、自分を守るためだったのだ。僕は君に魅せられて、君の目を通して愛の世界に入り込む。日々の小さな心配事など、そこには届かない。

どこまでも君についていこう。もしも姿を見失っても、きっとまた見つけるから、信じてほしい。君の前に立つのは勇気がいるけれど、僕はそうするだろう。ここでは勝利も敗北も望む必要はない。戦う時の君の武器と目の輝きが、あまりに美しいものだから。

ひっそりとした城の中を歩きたまえ。不意に、君の影が階段に映る。二股になった尾っぽが、階から階へと続いていく。君はさっき、地下の一番下にいた。今は主塔の頂にいる。突然君は舞い上がり、上昇し、空の中へと遠ざかっていく。始めは大きかった君の影が急速に縮み、今や小さなシルエットとなって、月の表面にくっきりと見える。シレーヌよ、君は炎になる。君があまりに強く、夜を燃やすので、蛍がまとわる見知らぬ花々の植え込みの中、君のまわりには一つも光が残っていない。


こんにちは、炎よ。

炎はその黒い長手袋を僕に差し出す。

すると朝だ、火だ、夜明けだ、闇だ、稲妻だ。

こんにちは、炎よ。

君は僕を焼かない。

君は僕を夢中にさせる。

君に見捨てられたら、僕は灰でしかなくなるだろう、おお、炎よ。


その時、空から星々が、目に見えない湖に落下したので、僕はそこに、うっとりと身を沈めた。

彼女は両手で僕の首に抱きつき、僕を見つめ、僕はそのまなざしを見つめ返す。彼女は、「愛すべきはあなただったのに」と言った。

この言葉を、先々も覚えていてほしい。永遠に失われたもう一人に、かつて僕が捧げていた無比の愛、それを体現できるのは君だけだ。

君がその言葉を、再び口にすることなどないように
さざ波がぶつかる場所で、色あせた日々と消えた欲望の空の下で。(…)

『ユキへの秘密の本』1932、未刊

赤い小人が……

赤い小人が

緑の小人に出会う
そしたらもう　大混乱
キンセンカの花束から出てきた
美しい目の夢の中で
人々は逃げたり追いかけたり
僕たちはこっちを通ったり
僕たちはあっちを通ったり
そして僕たちは走る
そして僕たちは笑う
これはみんな冗談なんかじゃない
これが愛なんだ　これが人生なんだ
これが君の美しい目なんだ　恋人よ。

『公共的な所有物』1957

横たわる女

右には空、左には海。
正面には草と花々が見える。
あれは道、一つの雲が縦にまっすぐ進んでいく
垂直に伸びる地平線と平行に
あの騎士と平行に。
馬は走り、間もなく崩れ落ちる
別の馬が、際限もなく上ってくる。
なんて単純で、なんて奇妙なのかしら。
左を向いて横たわり
私は風景を気にしなくなる
そして、ぼんやりとしたことだけを考える
とてもぼんやりとした、とても幸せなことだけを
疲れた視線を巡らすように
美しい夏の午後
右に、左に
ここへ、あそこへ
役に立たない夢幻の中で。

『首なしたち』1934

首なしたちへ

窓なし、扉なし、屋根のつぶれた家々

錠なしの扉
刃なしのギロチン……
もはや耳なしの君たちに、僕は語りかける
口なし、鼻なし、目なし、髪なし、脳なしの君たちに
首なしの君たちに。
居酒屋へ続く曲がり角に、君たちはしっかりした足取り
　で現れる。
君たちは席について酒を飲み、一気に飲み、大いに飲み
やがて酒は心臓を巡り、新たな生命を注ぎ込む
「お前、かつらはどうした?」と、一人の首なしが別の
　首なしに言う
何も言わずに横を向く彼を
人々は追い払い、連れ出し、引きずり、踏みつける。
「お前、お前はどうした?」
「俺に対して、あらゆる法が立ち上がる。
極左極右の徒党まで、俺を犯罪者呼ばわりする。
俺はどこにでもいる奴なんだ
先祖代々パンを焼く、カマドみたいにありふれた、どこ
　にでもいる奴なんだ。
俺はあらゆる文明への反逆者
卑劣な人殺し、小娘を引っかける浅ましい好色家
軽蔑すべき盗人だ
俺は裏切り者だ、俺は卑怯者だ
でも、ばかげた寓話の教訓を自分の中で消し去るには
世論に反対するより
(それだけでも大したものだが)
さらなる勇気が必要だ。
俺はあらゆる規則に不服従
あらゆる立法者の敵なのだ
アナーキスト?　それも違う。
俺の上に、あらゆる法規の車軸がのしかかる
超人的感覚を持った人間だ。
俺は明日のモーゼの到来を告げるが
明日はそのモーゼが、俺みたいな連中を皆殺しにするだ
　ろう
いつの時代にもだまされやすい
首なしだ
俺に酒を注いでくれ、乾杯しよう」

彼が話を終えたので
僕は言葉を引き継ぐ。
「君たちにあいさつを
ロベール・デスノス、ロベール・ル・ディアブル、ロベール・マケール、ロベール・ウーダン、ロベール・ロベール、僕の叔父のロベールからあいさつを
僕と一緒に歌ってくれ、右の小柄なご婦人も、左の髭の紳士も、声を合わせて、さあ、
いち、に、さん。
君たちにあいさつを
ロベール・デスノス、ロベール・ル・ディアブル、ロベール・マケール、ロベール・ウーダン、ロベール・ロベール、僕の叔父のロベールからあいさつを」
あとは省略。
僕の首なし、親愛なる首なしたち
生まれるのが早すぎた、永久に早すぎた者たちよ
もしも運命が
命をかけて革命を起こせと命じるなら
明日の革命に加わっていたであろう者たちよ。

正義を追い求める者たち
パリ・コミューン兵士の壁際の、共同墓穴の者たちよ
首のまわりには点々と、弾の跡があるけれども。
墓地〔ペール・ラシェーズ〕に作られた囲い地の者たちよ
なぜなら人は、軍旗と雑巾を一緒にしないから。
雑巾は柄に打ちつけられ
辱められ
夜明けの風に、パタパタとみじめに鳴る
ギロチンの刃の落ちる音が
永遠なるサンテ刑務所のこだまを響かせる時刻に。

『コントレ』1944

ひとつの声

ひとつの声、とても遠くからやって来るので
もはや耳を鳴らしはしないひとつの声
ひとつの声、太鼓のように、くぐもって
でもはっきりと、僕たちのところに、たどり着く。

墓から出てくるように見えても
それは夏のことと春のことしか話さない
それは喜びで体を満たす
それは唇に微笑をともす。

僕には聞こえる。それはひとつの人の声
それは人生と戦争の狂騒を
流れ出る雷鳴と囁かれる告げ口を突き抜ける。

君たちは？　君たちには聞こえないか？
それは「苦しみは長くは続かない」と言っている
それは「美しい季節はもうすぐだ」と言っている。

君たちには聞こえないか？

解説

ロベール・デスノスは一九〇〇年七月四日パリで生まれ、一九四五年六月八日チェコスロヴァキアの収容所で四十四歳で歿した。二一年にペレを介して「文学」誌グループのメンバーたちと知り合うが、ほどなく兵役でパリを離れる。二二年春に除隊。同年九月にグループで催眠実験が始まると、卓越した夢見の能力を発揮する。十月には、マルセル・デュシャンがローズ・セラヴィという別人格（女性）で行ったのと同じ言葉遊びを、ピカビアの求めに応じて披露する。催眠実験の後も、語の組み替えによって慣用表現や品詞の結びつきを混乱させ、その成果を『焼かれ言語』（二三年）にまとめた。

二四年以来、デスノスは歌手のイヴォンヌ・ジョルジュを熱愛し、「あまりに君を夢見たせいで」、「もしも君が知っているなら」など七つの詩からなる「神秘の女へ」（二六年「シュルレアリスム革命」誌7号）を書くが、イヴォンヌは結核のために三〇年四月に三十三歳で死去してしまう。イヴォンヌはデスノスの詩の中で、空の中に失われた星、あるいは海の中に落ち、永遠に難破した星、すなわち海の星として描かれる。

　一方でデスノスは藤田嗣治の妻ユキ（本名リュシー）の美しさに強く惹かれ、三〇年夏には藤田夫妻とともにブルゴーニュへ徒歩旅行をしている。ユキへの想いは「ユキ 1930」の詩群となり、イヴォンヌが星であったのに対し、ユキはシレーヌとしてデスノスの詩に現れる。シラムールとは「シレーヌ」の後半の音「エーヌ（憎しみ）」を「アムール（愛）」に置き換えた造語だが、彼はこの長篇詩で、愛する相手を「星であった君」、「シレーヌであった君」と呼び、二つの愛の対象を連続する一つとみなしている。その後、ユキは藤田と別れ、デスノスと結婚する。

　三四年、アンドレ・マソンの挿絵とともに『首なし』を出版。「首なし」は、アセファルの神話のごとく、頭部すなわち理性を欠いた存在であるとともに、ギロチンによって斬首された者たちである。デスノスは二八年にキューバを訪れて以来、独裁者マチャドに反対する立場から多くの記事を書き、アレホ・カルペンチエールの渡仏を助けた。また、三二年と三五年にはスペインを訪れ、共和派の詩人ガルシア・ロルカと親交を結んだ。「首なし」に描かれた抑圧される者たちへの共感は、反マチャド、反フランコの陣営に立ち、反ナチズムの戦いに命を落とす彼の生き方と重なっている。

　一九四〇年、占領されたパリで反ペタン（ヒトラーの傀儡）派の新聞「今日」に協力。四二年七月ヴェロドローム・ディヴェールのユダヤ人一斉検挙事件直後、抵抗組織「アジール（行動）」に加わる。詩作と組織活動を通じてレジスタンスを闘ったデスノスは、四四年二月二十二日ユキの目の前で在宅逮捕される。「声」を収めた『コントレ』の出版は四四年五月で、彼がこの本を目にすることはなかった。

　デスノスはアウシュヴィッツ、フレーアを経て、ナチス・ドイツ降伏後の一九四五年六月八日、チェコスロヴァキアのテレジン収容所でチフスのために死去した。遺灰は十月になってやっと、フランスに返還された。連れ去られる際に住んでいたパリ六区マザリーヌ通り一九番地のアパルトマンの外壁には、今なお花束が掲げられている。◆

ルネ・クルヴェル

うなじを露わにしたあの婦人

「ディスク・ヴェール」第2シリーズ1号、1923

もしも僕の友人たちが、毎年集団で死ぬことに同意するなら、人生はもっと単純で、かつ、もっと変化に富んでいるだろう。けれども、彼らはカサマツのごとく、僕をぐるりと取り囲んでいる。この図を補うために、僕は一人一人から同じだけ離れた、球形の家を描く必要があるかもしれない。ああ、僕が転がって、ある一点で止まっても、そうしようと思ってやったのではないと、僕は言うことができる。まだ僕には、偶然を愛するだけの若さがあるのだ。数メートル間隔で、位置を限られてしまわずに。

しかしながら、僕は生に執着している。なぜなら、第一に友情は、必ずしも穴の開いていないカーテンとは限らず、第二に女たちは、季節ごとに変化するからだ。彼女たちのドレスは彼女たちの心模様だ。背丈が伸び、微笑みが洗練される時、僕は僕の心模様を信じたいと思う。過ごしやすい季節よ、やってこい。チュールの雲よ、髪の雲よ、肉体の雲よ、そのまわりに優しさが浮かんでいる。悦びが、カサマツである僕の友人たちの枝に絡まる。飛んでいる愛撫をとらえるために、僕の指は長くなり、広がり、白鳥の嘴のように閉じる。

次に、僕の病気のことだ。アドリア海がヴェネツィアや潟湖(ラグーン)やマラリアと隣り合うように、僕は病気と隣り合う。

まず、僕は女の服を脱がすのが怖い。それはまるで、形と色を同時に変える、一匹のカメレオンを追いかけるかのようだ。

僕はあらゆる地理的本能を欠いており、アンジュー通りとアルトワ通り、ポンティウー通りとパンティエーヴル通り、トランシルヴァニア〔ルーマニア〕とペンシルヴァニアを混同する。この最後の取り違えのせいで、アメリカ旅行は延期となり、僕は世界の中でこの場所には、すっかり失望しないですむ。それは一つの大陸でありながら、双子の娘でもある〔片方は金髪で、もう片方は褐色だ〕。彼女らは長い鼻の一つでつながっていて、それを軽んじるとただでは済まない。

僕はラ・ヴァレンヌでの昼食の後で、アマチュア写真に二つ頭で写っている人々、詩人やホモセクシュアルを婿にする公証人たち、自分のバイオリンを調律するアングル〔画家〕、サン＝クルーの田舎が好きだ。

けれども僕は、うなじを露わにしたあの婦人の方が好きなのだ。

僕は一九〇〇年八月十日に生まれた。

僕が子供の頃は、女たちは舞踏会に行く時しか、喉元を見せたりはしなかった。一九一四年の前半、一人のジュネーヴ市民の女性が僕の青春時代に吹き荒れるであろう大嵐について告げたが、それはコート・ダジュールのブラウスの襟ぐりのせいで起きるとされた。彼女はいつも、黒いレースのぴったりした頭布をまとっていたので、彼女の国はあらゆる惨事から逃れたのだ。

うなじを露わにしたあの婦人は、一九一四年の洗練された女性たちに対し、数年も先を行っていた。そのため、彼女は悪評を立てられたのだが、さらなる論争を引き起こさないためにも、その名は伏せておいた方がいいだろう。

彼女は夫と母親を殺したかどで起訴され、僕たちは彼女のために、隠れて新聞を買った。

実際、僕の友人たちにとって、事件で一番興味深かったのは、彼女の従僕の名前だった。けれども、彼の突飛な名は、公衆の面前で発せられる卑猥な言葉と同様、全く僕の注意を引かなかった。

僕はうなじを露わにしたあの婦人を愛していたが、それは彼女がうなじを露わにした婦人だったからだ。僕はこの情熱に固執した。相対性の原理も、数学者たちの栄光も、社交界の集まりの喜びも、優しい心の抱く苦しみも知らないままに。

うなじを露わにした婦人はうなじを露わにした婦人だ。子供部屋の壁紙に、僕は僕にしか読めない字でこう書いた。もしも群衆の中に、僕の愛する人を弁護する男がいたならば、僕は彼の論拠に同意したことだろう。

最も偉大な作家たちは、売り子たちをなだめるために店に張られる言葉や、ペディメント〔三角形の切り妻壁〕を飾るにふさわしい言葉や、疑いの日々に偏見と信仰の柔らかい肉体に（あたかも強固にする手段であるかのように）刻むための言葉を発した。

うなじを露わにしたあの婦人のことを考えた者は、誰もいなかった。

僕は九歳になっておらず、露出趣味も、監獄の扉が開く時に一目でもという期待も持たず、たった一人で彼女を弁護し続けていた。

僕は雑誌に載った写真で、彼女を再び見た。彼女はクレープの包みの中の一つの脆弱な物だった。頭をまっすぐに、あるいは頭を右に、左に倒した姿で彼女は描かれていた。気を失った彼女。ヴェールよりも華奢な筋肉は、バラ色の皮膚の下にあって、ほとんど目に見えなかった。また別の時には、彼女の額の甘美さが被告席の台の上で、彼女の二つの喪の印を押し流していた。

しかし、どのような動きであれ、動きの持つ神秘さは、たった一つの軸しか持たなかった。

鎖骨から不動の頭部へと続くあれらの鋭い震えを、僕は鏡の前で真似してみた。顎と両肩との間を、あれほどまで美しく動かす女性を、裁判官たちは裁くことなどできなかった。

無罪判決がおり、うなじを露わにしたあの婦人は回想録を出版した。恭しく、僕は読むことを差し控えた。

彼女は高貴な生まれの外国人と結婚した。僕は夫君に、こう書いてやりたかった。「彼女のうなじ、彼女の美しいうなじに、長々と接吻してあげてください」。

僕は男になった。

僕の世代の婦人方は襟をつけなかったが、僕はうれしくもなかった。朝から晩まで、僕はわめく。「滑稽だ。皺くちゃの肉体の襞飾り」。

もちろん、みんなが真似をしているあの婦人のことを、思い出す者は誰もいない。


模倣している年老いた女たちは、その仕草や仕立て屋のところで目にするドレスを、自分たちが考案したと信じている。けれども、それが月並みさというものだ。そうですよね、うなじを露わにした我がご婦人よ。

あるイギリスの新聞は言った。「A夫人、B夫人、C、D、E、F、G、H夫人は、よく買い物にいらっしゃる。パリで服をあつらえるB夫人は、立ち襟のドレスを着ていた。実際、再び立ち襟が流行である」。

カサマツである僕の友人たちの一人が口をはさむ。「ねえ知っているかい、B夫人というのは、夫と母親を殺して告発された例の女性だよ。おかしな名前をした従僕が関わっていた、あの事件を覚えているだろう?」

おお、うなじを露わにした我がご婦人よ。

チュールの時代は過ぎ去った。僕のカサマツの友人たちにとって、何も驚くことはないだろう。僕にとってはなおさらそうだ。それに、僕はけちな悲観主義のせいで人から嫌われるのだ。

別の夫を、別の母親を殺さなくては。うなじを露わにした我がご婦人よ。さもなくば、襟に金鎖の飾りをつけたあなたを、どうして再び愛せるだろうか。

「カイエＧＬＭ」５号、1937

雄弁さでは足りない

雄弁さでは足りない。
僕の心は今晩揺れ動き
まぶたに沿って滑り落ちる
慎ましいランプは
僕の夜を照らしはしない。
黒色だがオニキスではない男
悔しさの色をした男
幾つもの小さな憎しみでできた沼に足を取られながら
君は欲する
ヒバリが小鳥寄せの鏡を欲するように
苦しみを胸に、そこで死ぬための太陽を。
君は探す、でも不安のあまり
君の仮の祭壇を見つけることができない。
何も輝いていない
目も、鉄も、ありきたりの磁石も
それらは千の釘から
君の苦悩を解放する
そこでは、ぎこちなく飛ぶハエたちが
片羽しか持たないハエたちが
みじめな血の星々に火をつけている。
曲芸師
ことばの曲芸師
君の発する語は壁にぶつかって砕ける。
君の苦悩は——さらにちょっとした一本のリボンは——
冠のように飾る
余りに長いこと「鳩が飛ぶ」を奏でた頭を
絶望の手紙は
今晩、かつての幸福の手紙と同じになる。

僕は何を言おう！
僕は君に何を言おう
僕の足から生まれた兄弟よ
僕を見張るためにだけ、君が生きているこの地上で。
僕は歩道をたどった
花崗岩でできたその嘘に向かって。
向こうに海があることを僕は忘れていた
僕は星々を映し出す水を逃れた
別の手の中の
一つの手を歌うために。
緑の大河。
穏やかな子供時代
去りゆく者を許してください
これらの唇の中で
自分の唇を嚙む者を許してください
彼は口の味を忘れるのが怖いのです。
褐色の髪の操舵手、青い帆の下
髪と同じ色の肌
おーい！　美しき旅行者よ

君は海の方へ進んでいた
今、君は波の上を歩く
僕は空に一つの穴を探す、円窓を
僕は地上の溺死者だ。
おお、僕の思い上がりよ、導き手となるのに
遅すぎはしないと言ってくれ。
柔らかい草のマットレスに
メタルの三角形の墓。
僕の心が、どんなに痛みを叫んでも無駄だろう
僕の心から、僕は何本かの革紐を作るだろう
僕はそれらを染めることができる
あるいはねじることができる
殻の中の卵より
黄金のドレスの中のミイラより
もっと決定的な数字に。
そして君、僕の身体よ、意味を憎め、病人が松葉杖を憎
むように。

死の橋（抄）

「シュルレアリスム革命」7号、1926

沈黙の船乗り、ドックには色がない、そして形もないこの埠頭から、今夜出発するのだ、美しい幽霊船が、お前の魂が。昔、お前は安っぽい歌に火をつけることで満足し、機械仕掛けのピアノの火事だけがお前の夜を照らしていた。道が直角に交わるところで、寝る部屋、つまりは仕事部屋の戸口に座った黒人女が、通行人が通り過ぎるや、金銭ずくの威厳を放り出し、コンゴ川の唯一の思い出である排水溝で、両手一杯に野菜くずと汚れた紙を集めていた。彼女が男を砲撃するのは、その無関心に対する仕返しのためばかりではなかったが、とどのつまり性悪女となったこの女王は、一羽の鳥に姿を変え、犠牲となる散歩者の周りを飛び、とても優しくクウクウと鳴くので、男は上着についたシミのことも忘れ、鳩というものは普通言われているのとは反対に、黒いのではないかと突如自問するのだった。（…）

輝け、色よ。犯罪者たちは青い手をしている。そして、娘たちよ、もしも赤い唇を望むなら、最後の恋人の染みのついた指を、自分の唇にあてるがいい。大海の底で、安あがりな旅を望み、ボイラー室の近くで死んだ信じやすいアフリカ人たちは、みんな生き返る。おそらく、まもなく彼らは魚になるだろう。すでに彼らの足は透明になっているから。彼らの言葉のない歌を聴け、電気の怪物たちの明かりのもとで、タツノオトシゴたちは、電気のベルのボタンを押すように、彼らの臍を押す。紅茶が欲しくて？　いや、違う。馬の頭をし、疑問符の形をしたタツノオトシゴたちは、水の森から、陸の皮膚を窮屈に着込んだ西欧の学者たちの目の高さまで昇って来る。幽霊船は空いっぱいにダンスを書く。壁と壁が離れ、人々はその間で精神の風をつなぎたいと思う。あまりにずっしりとなだらかなビロードの襞の後ろで、硫黄と愛の太陽が輝く。世界中の人間たちが鼻で理解し合う。思いがけない間欠泉が、悪魔に石を投げ、人々はその石で台地を覆おうとした。とても小さい惑星から自由への橋がある。

死の橋から、見においで、燃える祭りを見においで。

解説

ルネ・クルヴェルは一九〇〇年八月十日にパリで生まれ、一九三五年六月十八日にパリで三十四歳で歿した。十四歳で父親が自殺。「シュルレアリスム革命」誌二号（二五年）のアンケート「自殺は一つの解決法か？」に「ウィ」と答え、「必死に探しても人生に解決法は見つからないのだから、もしもこの決定的で最終的な行為の中に解決法が垣間見えるのならば、さらなる試みをする力が僕にあるだろうか」と書くことになる。

一九一九年にソルボンヌ大学に入学。一九二〇年からパリで兵役につき、そこで知り合ったランブール、アルラン、ヴィトラック、モリーズらと「アヴァンチュール」誌を創刊する。その後、「文学」誌のメンバーに接近し、グループに催眠実験をもたらす。二三年、フランツ・ヘレンツ主宰のベルギーの雑誌「ディスク・ヴェール」に「うなじを露わにしたあの婦人」を寄稿。作中の「僕」の語る生年月日は、クルヴェル自身と同じである。この詩の一部は、小説『僕の肉体と僕』の中に再び現れる。七月にはツァラの「ガス心臓」に出演。ツァラとは生涯の友人で、長編詩『反頭脳』の紹介文を書いた。二四年、恋人ウジェーヌ・マッコウンの扉絵とともに、『迂回』を刊行する。この頃より、結核治療のため、保養地のスイスとパリとの往復を強いられる。生活の場を定着できない中で『僕の肉体と僕』（二五年）、『困難な死』（二六年）を執筆、出版。彼の小説は、そのどれもが自伝的である。二八年からモプサ・シュテルンハイムが、三一年からはトータ・クエヴァスが恋人として彼を支える。ノアイユ夫人、ボーモン伯爵、ナンシー・キュナード、クラウス・マンとも親しかった。

三三年に『皿に足を突っ込んで』を出版。革命的作家芸術家協会（AEAR）で政治活動を行い、ナチズムの台頭に警鐘を鳴らした。三五年六月、文化擁護のためのパリ国際会議の準備中、ブルトンがソ連代表のエレンブルグと対立したことからシュルレアリストとコミュニストが分裂。クルヴェルは両グループをモンパルナスのクローズリー・デ・リラに集めるが、話し合いは決裂。その晩、自宅でガス自殺を図り、翌日死去した。「火葬にしてください。嫌悪」というメモが残っていた。◆

ジャック・バロン

けん玉

僕は宙に放った
いくつかの不確かな言葉を
時は
その軌跡を見失った

遠くで
愛の朝が明けていた
一発の銃声に
それは舞い上がった

そこで
ぴょんと跳ねて
僕は大きな虚空を吸い込んだ
フォークロアの英雄のように

『詩の流儀』1924

僕は一つの雲をくぐった
青いマリア会修道士の雲
僕が通ると
それは大笑いした

できそこないの占星術師
アトラスのように
僕は持つ
片手に
旧世界を

ふざけて
一本の指に
僕は受け取る
古びた森を

『詩の流儀』1924

未来

明日　詩人たちの脳は大きな光の壺に入って売られる
インディアンたちは敗者の首を槍に刺して走ってくる
家は晴れやかな地平線に顔を向ける
海は飾りの円を描く
星は山の上に集結して巨大な花束となり　大地に溢れる
空では世界で一番美しい女が　血を流す傷のように踊る

夢の屋根組みしかもう残らない
神に仕える動物たちは
乙女たちが髪を洗う川をたどりながら跳ねる
眩いばかりの町を人はもう見ない
その名はダイヤのように水に反射し　つきまとう
おお　欲望よ
あらゆる時代の
あらゆる心の
あらゆる情熱の物語よ
偶然見つかった先史時代の動物よ
人はもう聞かない
山から山へ
傷ついた雪の声と合わさって
見知らぬ雲が歌うのを
人はもう見ない
鳥が翼を広げ、湿地帯を覆うのを
そこでは　虫がうごめき
彼らを殺す流星から逃れようとする

そして
悪しき砂漠に一羽の鷲のように放たれた
誇り高い　嗚咽

『ことば 1923-1927』1930

ローザ・ルクセンブルグ

太陽と光は
実在に見える　おお　生の形よ
完全なる生の女たちよ

さえずる鳥たちはもう口をつぐまないだろう
今にいたる

今にいたる　太鼓(タンブール)よ　苦しみを称えよ
何千もの女たちが
魔法にかかったように大喜びで
燃える髪をして　あの永遠の女たちについていく

ローザ・ルクセンブルクの墓は閉じられる

おお　墓よ　僕たちの心の激動の春が
そこに愛と真実を注ぐ
一つの墓が閉じ　他のたくさんの墓がわずかに開く
魔法の鳩たちが武器を届けに行くだろう
すっかり自由な素晴らしい手に

完璧な女たちよ　その光輝く足跡よ
僕たちはあなた方にどこまでもついていく
驚くべき信念に

終わり

僕は死ぬ
燻製ニシンの背後で
こいつは僕の習慣の卑劣なる証人だ

あの国が見えるか　木にオレンジはもうない

僕は君たちみんなに勧告する
習慣から死ぬのを
やめるようにと

羽根　羽根
鳥は二枚の羽根しか持たない
二枚の羽根しか

兵舎で
兵士は平然と将校を殺す

『ことば 1923-1927』1930

解説

ジャック・バロンは一九〇五年二月二十一日パリで生まれ、一九八六年三月三十日パリで八十一歳で歿した。子ども時代をナントで過ごす。兄シャルル・フランソワが兵役でヴィトラック、ランブール、モリーズ、クルヴェルらと知り合い、彼らにジャックの詩を見せたことから、互いに交友が始まる。グループは二一年十一月に「アヴァンチュール」誌を創刊。第一号掲載のバロンの詩「けん玉」、「祭り」を読んだブルトンから、ぜひ会いたいと手紙が届く。学校の休みを使ってパリのブルトンを訪ね、二人で長い散歩をした日のことを、後年バロンは『シュルレアリスム元年、最後の年』（六九年）の中で回想することになる。一方、ブルトンは二二年十一月にバルセロナで行った講演「近代の発展の性格とそれを分かち持つ者」で、「十七歳のジャック・バロン――その目には、もう一人の子どもが手に抱えていたあの黎明の貴重なかけらが秘められている――とともに、我々はさらに未来へと進まないではいられない」と述べ、バロンをランボーに重ね合わせた。二四年三月、アラゴンの序文をつけ、第一詩集『詩的流儀』を出版。

二七年、共産党に入る。同年十月、「シュルレアリスム革命」誌九－十号に詩を三篇掲載。一つは『ことば1923-1927』（三〇年）に収められる際、「ローザ・ルクセンブルク」と題された。二九年三月にシュルレアリスト・グループから除名。ブルトンは『第二宣言』で、バロンが「マルクス主義雑誌」の創刊に協力したことを非難し、バロンは「死骸」でブルトンに反撃する。三一年、レリス、クノー、バタイユらとともにボリス・スヴァリーヌの「社会批判」誌に参加。三三年にはルイス・フィッシャーの『ソヴィエト』をポール・ニザンと共訳した。小説『海の石炭』で三五年にドゥ・マゴ賞を受賞。四三年、独軍からの解放を目的に連合軍から空爆された故郷について「ナントは壊滅。（…）アメリカは灰塵の上に勝利するだろう」と日記に書いた。七〇年代、「ナント・レアリテ」誌三三号（七〇年）、「クーピュール」誌六号（七一年）にヴァシェについての記事を発表。これが契機となりブルトンと出会う以前のナント時代のヴァシェに関する新資料が集まった。◆

リーズ・ドゥアルム

空っぽの鳥かご

『奇妙な人のノート』1933

私は仕損じた
私の人生の本を
ある夜
人は忘れてしまったのだ
私のベッドの脇に
尖った鉛筆を置いておくのを

画家

『奇妙な人のノート』1933

私はあの婦人を真っ黒に描く
思想さえも。
どうして？
今は夜で
私は夕飯を食べていないんだ。

スペード（ピック）のハート（抄）

『スペード（ピック）のハート』1937

夜の美女よ　と
ジャン・デュ・セニュールが言う
私の命を差しあげます
あなたが一時間生きるためなら。

*

血の色のバラが
枯れながら私の両手を燃やした
そして香りは去って行った
冥府を流れる川の中へ。

*

フォール＝ド＝フランス〔マルティニックの首都〕は
長靴を履いた猫閣下に

納付します
ニチニチソウの冠と
キンギョソウの王杖を

*

いつも遊ばなくてはいけない
館の中で少女たちと
それが妖精みたいに
可愛い子たちであっても
私は退屈している方がいい
あるいは、誰かが私を連れ去ってくれないかしら
悪魔が
それとも
砂男が
未開人たちが
酔っぱらいが
偶然が
けんかが
あるいはとても単純に
誰かが私に用意してくれないかしら
一瞬を
一つのマッチ箱を
ああ　なんて美しい炎でしょう
私の子供たちよ。

*

小さな歯の神経が
私を噛む。
とがった小さな棒を取ってちょうだい
ぴしゃ
これは小さな蛇よ
死んでるわ。

『苔の鉢』1952

夜の蜘蛛（アレニエ）

緑の服の華奢な婦人と奇妙な少女がセーヌ河に漕ぎ出した。もう日は暮れており、理由は分からないが、河は

人々と何ダースもの死体を押し流していた。可愛らしい少女は、食いしばった歯にヤグルマギクをくわえていた。緑の服の婦人の頭は並外れて小さく、そこに大したことが起こる余地はなく、そうでもなければ、死体の浮かぶ河に、この子を連れてきたりするものか。その上、これらの死体はおそらく死んでおらず、結局女の子がオールで叩き殺すのだった。オールはマンドリンで、少女はコンセルヴァトワールに通っているため、予備の楽器を持っていた。オートゥイユの高架橋の下を通った時、一つの手が彼女をつかんだ。どこから来たのか分からない手、おそらくは深淵からだろうが、深淵は皆と同じく死を、あらゆるものと同じく底を持つのだ。「残念ながら、疑いようがないわ」と緑の服の婦人は言った……。彼女からはこれしか言葉を引き出せなかったけれど、彼女のアレニェ家の人々に対する恐怖は強まった。

解説

リーズ・ドゥアルムは一八九八年五月五日パリで生まれ、一九八〇年ヌイイ＝シュル＝セーヌで八十二歳で歿した。一九二四年十二月、スーポーに誘われてグルネル通り十五番地のシュルレアリスム研究所を訪れる。ブルトンは『ナジャ』でその日のことを語り、リーズを「手袋の貴夫人」と呼んだ。ブルトンから特別な感情を寄せられるが、二七年にポール・ドゥアルム（一八九八－一九三四）と結婚。三三年、リブモン＝デセーニュを編集長に「ヌイイの灯台」誌を創刊。シュルレアリスム・グループから除名された面々が雑誌に集うが、リーズがブルトンと対立することはなかった。同年末、詩集『奇妙な人のノート』を出版。三七年、リーズの詩とクロード・カーアンの写真を左右見開きに収めた『スペード（ピック）のハート』を刊行した。四四年五月には、対独レジスタンス詩篇を集めた『詩人の名誉 II』に偽名で参加した。『苔の鉢』（四六年）、『隣のドア』（四九年）、『四つ葉のクローバー』（五四年）等、多くの作品を出版。ピカソ、コクトー、ノアイユ夫人など、交友は広かった。◆

アントナン・アルトー

ジャック・リヴィエールへの手紙の追伸（抄）

1924

（…）

私は精神を大いに病んだことがある人間であり、その資格で、何ごとかを語る権利があります。精神の内面でどのような取り引きがなされているのか、私は知っています。私は自分が劣っているという事実に従うことを、きっぱりと受け入れました。それでも私は愚か者ではありません。私は自分の考えよりもっと深い考え、もっと別な考えがあるだろうということを知っています。私が待っているのは、ただ私の脳が変化し、そこからもっと優れた抽斗が開かれることだけです。一時間後には、そしてたぶん明日になれば、私は考えを変えているでしょう。でも、現在のこの考えはたしかに存在しています。私は自分の考えをなくしてしまうつもりはありません。

A・A・

叫び

1924

天に昇った小詩人が
彼の心の鎧戸を開くと、
いくつもの天がぶつかりあう。忘却が
交響楽を根元から引き抜く。

馬丁よ、狂人の家が
お前に狼を見張らせる
私たちの上にのしかかる丸天井の
大きなアルコーヴの下で孵化を待つ
激しい怒りを疑うな。

そのあとには沈黙と夜
すべての不浄なものに口輪をはめろ
天は大股で
物音の交差する場所に前進する。

星が食べる。斜めに傾く天が

頂点めざして飛翔を開始する
夜が掃き出すのは
私たちを満たした食事の残りかすだ。

地上を一匹のナメクジが進むと
一万の白い手が挨拶する
ナメクジが這っていく
大地が消え失せる場所へ

その時天使たちは心穏やかに帰途に就く
彼らを呼ぶ精神の
本当の声が立ち上がる時
どんな淫らな言葉も聞こえはしない。

太陽が日光より低いところから
すべての海を蒸発させていた。
不思議な、それでも明晰な夢が
総崩れになった大地の上に生まれた。

行方不明の小詩人は
その天上の位置を離れる
大地の外部が毛の生えた彼の心臓に
接していると思いこんで。

＊

〔東西〕二つの伝統が出会った。
けれども錠前で封じられた私たちの思想は
当然必要な場所をもたなかったから、
経験を再開しなくてはならない。

A・A・

神経の秤（抄）

『神経の秤』1927

私の頭という骨と皮の硬い殻の下には、消せない苦悩と不安がたえずつまっている。そこは倫理的な一地点のようなところではなくて、あきれるほど口やかましい性格の屁理屈をこねる場所のようなもので、あるいは、全身の上部に位置する不安のパン種が棲みついているといってもよい。
内面（の上澄み）を除去するための位置とも言えるが、私の生命の実質の剝奪としての、
ひとつの意味と感覚の身体的で本質的な喪失
（つまり本質という側面自体の喪失）
としての場所でもある。

＊

無意識のうちに、たとえどの程度のものであっても、思考の自動運動(オートマティスム)の断絶点を明確にすることの不可能性。

＊

親しい友人たちへ
君たちが私の作品だと思いこんでいるものは、私自身の屑にすぎない。それは魂の削りかすであり、正常な人間なら拾い集めようとはしないものだ。

＊

文字で書かれたものはすべて豚のような汚物(コショヌリ)である。


時流に乗って、どんなものであれ、思いつきを書きとめようとする連中は豚野郎(コション)だ。

文壇人は誰もが豚野郎だ、とりわけ現代では。

精神の内部、つまり頭のある種の側面、脳内に局在するいくつかの位置に参照点をもつようなすべての者たち、自分の言語の主人であるようなすべての者たち、言葉が自分にとってひとつの意味をもつようなすべての者たち、魂の高みや精神の潮流が存在すると思いこむすべての者たち、時代精神そのものであると思いこみ、そうした精神の潮流に名前を付けてきた者たち（私は彼らの具体的なやり口のことを、時代の風になびく精神の自動人形の歯車がきしむ音のことを思い浮かべる）、

——彼らは豚野郎だ。

（…）

私は君たちに言おう。作品も、書かれた言語(ラング)も、話し言葉(パロール)も、精神(エスプリ)もない。何もない、と。

あるのは、一台の美しい神経の秤(ペーズ・ネール)だけだ。精神の内部で、すべての中心に直立する理解不能な観測点(スタシオン)。

一九二八年の対話　ブルトンとアルトー

「シュルレアリスム革命」11号、1928

A（アルトー）：シュルレアリスムは私たちの人生の組織化あるいは脱組織化（解体）において、今でも以前と同じ重要性を維持しているだろうか？

B（ブルトン）：それは今やまったくの汚泥状態で、そんな汚泥の組織には花しか生えない。

A：あなたはこれから先、何度愛することができるか？

B：それは軍の詰所にいる兵隊のようなものだ。この兵隊は孤独で、財布からひっぱり出した写真を見ている。

A：死は、あなたの人生の構成の中で重要性を持つか？

B：それは眠りにつく時間のことだよ。

A：不死の愛とは何か？

B：諺どおり貧困は悪徳ではない（貧者は正直だから）。

A：夜それとも底知れぬ深い穴？

B：どちらも影のようなものだ。

A：愛の行為の中でいちばん嫌なことは何か？

B：それは君さ、親しい友よ。そして私でもある。

解説

アントナン・アルトーは一八九六年九月四日マルセイユで生まれ、一九四八年三月四日パリ北郊のイヴリーで五十一歳で歿し、マルセイユのサン＝ピエール墓地に埋葬された。父は長距離航路の船長で両親ともトルコのイズミール出身のフランス人。裕福な家庭だった。幼少期をマルセイユで過ごすが、八歳の時妹が生後八か月で急死、最初の死の体験に衝撃を受ける。マリスト修道会の学校で学び文学を志し、一九二〇年にパリに出て権威ある文芸誌「ＮＲＦ」に原稿を送るが拒絶され、以後編集長ジャック・リヴィエールとの文通が始まる。リヴィエールはアルトーの書簡を彼の雑誌に掲載し、文壇の注目が高まり、『冥府のへそ』『神経の秤』『ジャック・リヴィエールへの手紙』などの著作が刊行された。

一九二四年秋ブルトンの『シュルレアリスム宣言』が発表されるとアルトーは運動に参加し「シュルレアリスム研究センター」の活動を引き受ける。翌年には「シュルレアリスム宣言」三号に「ヨーロッパ諸大学学長への手紙」「ダライ・ラマへの手紙」「精神病院諸院長への手紙」など西欧文明を見限る過激なメッセージ（「（仏教諸派の師よ）来たりて、われらに新しき館を打ち立てたまえ」等々）を掲載するが、二六年には運動が共産党支持に傾いたことを批判して離反（ブルトンは翌年入党し数年後に除名）、二七年にヴィトラックらとアルフレッド・ジャリ劇団を結成し、三〇年代にはバリ島の演劇に共感、「残酷演劇」を宣言（三五年「チェンチ」初演）、また多くの映画に出演している（ガンス『ナポレオン』、ドライヤー『ジャンヌ・ダルク』等々）。その独自の演劇論は一九三八年の『演劇とその分身』（Le théâtre et son double）に集められている。偉大な演劇人、俳優であった。

一九三六年メキシコ、三七年アイルランドを訪れるが、アイルランドで精神錯乱を起こし、帰国後に精神医療施設へ措置入院を強いられ、十年近く入院生活を送り電気ショック療法などで廃人同様になるが、四七年にはパリのヴュー・コロンビエ座で最後の講演を行いブルトン、ジッド、アダモフらを感動させた（講演の録音記録はウェブサイト等に公開）。「ジャック・リヴィエールへの手紙の追伸」は一九二四年一月二十九日付のもので、往復書簡の最初期の一通である。そこですでに「精神を病んだことがある人間」と記されているように、アルトーは十代の頃から神経の変調に悩まされ、薬物治療を受けていた。『神経の秤』初版は一九二五年八月にアラゴン編集の「あなたの美しい眼のために」双書（レヴォビッツ出版）の一冊として刊行、表紙にはアンドレ・マッソンのデッサンが印刷されていた。訳者が一九七〇年代に詩人ジャン・ペロルから聞いた話ではこの「秤」は「神経の重さを決定するための装置」という文字どおりの意味だが、神経に「重さ」はあるのだろうか。

「一九二八年の対話」は「シュルレアリスム革命」十一号に掲載されたもので、他にもブルトンとペレ、アラゴンとマルセル・ノルらの短い対話が掲載されている。前書きに「二人の対話者の思考は切り離されて進行する」とあるが、アルトーの本質的な問いにブルトンは絶妙に対応している。二人の友情は運動の曲折にもかかわらず生涯続いた。♠

ジョルジュ・バタイユ

太陽肛門（抄）

『太陽肛門』1931

世界が純粋にパロディ的であることは明らかだ。つまり、人が見ているすべてのものは、別のもののパロディか、あるいは同じものでも、偽りの形態を取ったものなのだ。

思考に専念する脳の中で言葉が循環するようになってから、世界は全面的な同一化の操作に先立たれてきた。というのも、交合作用（まぐわい）のおかげで、それぞれの言葉がある事物を別の事物に結びつけるようになったからであり、その人の固有の迷宮の中で思考を導くアリアドネの糸が残した筋道の全体を（言葉を通じて）一目で見抜けるなら、すべては目に見えるかたちで結ばれていることになる。

だが、言葉の交合作用は肉体のまぐわい同様人をいらだたせるので、「私は太陽である」と私が大声で叫ぶと、その結果として完全な勃起状態がもたらされる。なぜなら、「である」（être）という動詞（AはBであるという繫辞）は性愛の熱狂を媒介するからだ。

生きることはパロディ的であり、そこには解釈が不在であることを、誰もが認識している。

だから、鉛は黄金のパロディである。

空気は水のパロディである。

脳は（球体を均分する）赤道のパロディである。

性交は重罪のパロディである。

（…）

太陽はひたすら夜を愛し、おぞましい男根である日光の暴力を地球に向ける。だが、地上の拡がりは夜の闇の中でもたえず不浄な太陽光線のほうに向かっているのに、太陽は人の視線や夜にとどくことができない。

太陽の輪は十八歳の肉体の無垢の肛門であり、肛門が夜であるとはいえ、それに比べられるほどまぶしいものは太陽のほかにはありえない。

墓（抄）

4

宇宙が私には閉じられ
その中で私は視力を失ったままだ
虚無とひとつになって

虚無は私自身にほかならず
宇宙は私の墓にほかならず
太陽は死にほかならない

私の両目は盲目の雷
私の心臓は
嵐の吹き荒れる空

私自身の内側の
深い闇の底で
果てしない宇宙は死そのものだ

『大天使のように』1944

「大天使のように」から取り除かれた十一の詩篇（抄） 1943–44

私の狂気と私の恐怖が
死んだ両目を大きく見開いて
発熱をじっと見つめている

二つの眼球の中でこちらを見ているのは
宇宙の虚無そのものだ
私の両目は盲目の天空に属する

入っていけない私の夜の中で
不可能が叫んでいる
すべてが崩れ落ちると

*

私は風の中にお前を迷わせてしまう
私は死者のうちにお前を数える
一本の縄が必要だ

風と人の心の間に

＊

私は心臓が寒くて震えている
苦痛の底から私はお前を呼ぶ
非人間的な声で
まるで男の私が分娩中であるかのように

お前は死のように私の首を絞める
みじめな気持で私にはそれがわかる
死の苦しみの中でしか私はお前が見つからない
お前は死のように美しい

すべての言葉が私の首を絞める

＊

星が空に孔を開けて
死のように叫んで
首を絞める

私は生きることを望まない
自分の首を絞めるのは心地よい
星が天空に昇り
それは死んだ女のように冷たい

＊

目隠しをしてくれ
私は夜を愛する
私の心臓は黒い

押してくれ夜の中へ
すべては偽りだ
私は苦しむ

世界は死の匂いがする
鳥たちが目をつぶされて飛びまわり
お前は黒い空のように暗い

*

終末のほうへお前は私をまっすぐに導く
死の苦しみが始まった
もうお前に言うことは何もない
私は死者たちの場所のことを話すが
死者たちは口を閉ざしたままだ

家々

十回　百の家が倒れる
百の井戸　千人の死者が
天空の窓から見えている

空虚な痛み
影が列をつくり
布のように広がる夜

あの死者たちの眼は
心臓を汲みつくす
盲目の頭部は声を失う
存在を失う錯乱の狂気。

*

空の星たちの孔にじかにふれて
インクの夜にじかにふれて
光を失った眼球にじかにふれて
大いなる沈黙にじかにふれて
記憶に取り憑かれた城にじかにふれて
狂った女の声にじかにふれて
死の苦しみに墓石にじかにふれて
私の死の夜明けにじかにふれて。

窓

一羽の小鳥
千の色
一人の死で大空は埋め尽くされる
一羽のカラスが翼を拡げる
眼球は死んでいる
風が空を引きちぎる

死んだ女の
かすかなささやき
狂気が空を開いてみせる

＊

空には土の塊
沈黙は虚無の記号
草深い山が黄色くなって眠りこむ
存在の落下　夜の中へ

「削除された詩篇」1942–45?

私はおまえの影の中に隠れる
お前の太陽に照らされて私が食べると
陽の光の中で
私の骸骨が透けて見える

恐怖という感情が
喉を静かに絞めつけて
ゆっくりと心臓を凍らせる

仮面

油紙で覆われた死
あの沈黙の過剰から逃れるために
死臭を楽しむために

「削除された詩篇」1942–45?

解説

ジョルジュ・バタイユは一八九七年九月十日フランス南部のビヨンで生まれ、一九六二年七月九日パリで六十四歳で歿した。ロード・オーシュ、ピエール・アンジェリック、ルイ・トラント（三十世）などの筆名を用いたこともある。父は盲人の公務員で、一家は幼少期にランスに移住。一九一四年第一次大戦開戦の年にバカロレア（大学入試）合格直後に動員、体調不良で除隊後パリの名門国立古文書学校入学（この頃カトリックに改宗）、卒業前後にロンドン、マドリッドを訪れた。パリでは国立図書館賞牌（メダル）部門の専門司書を務め、画家マッソン、作家で民族学者のレリスと親交を結ぶ。

レリスの勧めで二四年にブルトン『シュルレアリスム』を読み運動に接近するが違和感を覚える。バタイユは後年ブルトンよりツァラのダダに親近感を抱いたと回想している。ブルトンも三〇年の『第二宣言』でバタイユを痛烈に批判した。三〇年代には、既成左翼の人民戦線に対抗して「反撃（コントル・アタック）」グループを組織し雑誌「無頭人（アセファル）」を発行、その思想的拠点としてクロソウスキー、カイヨワらと「社会学研究会」を結成した。若き岡本太郎も画家エルンストの紹介でバタイユと交流があった。第二次大戦後は南仏カルパントラの図書館司書となり詩人シャールらと交流、雑誌「クリティック」を刊行してサルトルの実存主義ともブルトンのシュルレアリスムとも距離を置いた独自の非知（認識を危険にさらし意味の支配を乗り越える思惟）の思想を展開した。一九七〇年ガリマール版『全集』刊行時にミシェル・フーコーがバタイユを二十世紀で「最も重要な作家」と評した頃から再評価が進み、作家・思想家としての高い評価が確立している。

主要作品は『眼球譚』『マダム・エドワルダ』らの創作から『内的体験』『呪われた部分』『エロティシズム』『文学と悪』などの思想書まで多岐にわたるが、今回はバタイユの詩と思想の根源的で過激な魅力への接近をめざして、非知の提案の原点ともいえる『太陽肛門』（初版はマッソンの挿画付）の冒頭と末尾の部分、そして存在が失われる夜と死の顕現の不安と誘惑を独自の表現で追求した詩篇を訳出してみた。♠

†シュルレアリスムの展開と拡がり

ルネ・シャール

ラスネール*の手

言葉の表現力ゆたかな世界は失われた。

『持ち主のないハンマー』1931

*ラスネールは十九世紀フランスの殺人犯（一八三六年三十二歳で刑死）、弁論に優れ『回想録』はバルザック、ボードレール、ドストエフスキーらに高く評価された。（訳注）

詩人たち

酒瓶の暗闇の中で読み書きのできない者たちの悲しさ
車大工(シャロン)たちの他人に気づかれない不安
奥の深い壺の中の貨幣
鉄を打つ台の籠の中で
孤独な詩人は生きる
沼地の大きな手押し車

『持ち主のないハンマー』1931

怒り狂う職人

ぼろ車の横には赤いトレーラー
そして囚人護送車の中には死体
そして馬蹄の中には農耕用の馬
私が夢で見るのは私のペルーの短刀が刺さった首。

『持ち主のないハンマー』1931

狂乱の詩の使者たち

怠け者の太陽たちは脳脊髄膜炎を糧に輝く
彼らは中世の大河をいくつも下って
岩山の割れ目で眠る
金属の屑や宝石の疵(きず)のベッドで
彼らは腐蝕したやっとこ〈ペンチ〉の範囲から離れない

軽飛行機が地獄から離れないように。

狩猟の気候あるいは詩の達成

『持ち主のないハンマー』1931

私の純粋な嘆きには悪意がつきまとい、私の愛の脳は酒瓶の破片に言い寄られた。

ああ、星々の蝕の住まいで、姿を消すことで支配する蝕が闇をもたらせばよい。特急列車の夕暮れの中で嵐のために選んだ方向を人はやっと覚えられるだろう。

愛の中には、いつまでも動かないものがある、あの巨大なセックスが。

夜遅く私たちは私が死を夢想するのに不可欠な果物を採りにでかけた。紫の無花果(いちじく)だ。

浴槽のかたちをした馬の骸骨が通りすぎて朧(おぼろ)になる。上質の肥料だけが語りかけ、不安を消し去る。

外から見えるかたちのない世界へ私は時間をかけて出発しよう、蒸気のすべての余暇はオレンジの大木の枕もとに。

私が極端に疲れてしまうと、テング茸くらいの大きさの小さな娘が現れ、雄鶏を絞殺して醒めない眠りに落ち、彼女のベッドから数メートルのところでは大河が流れ災難が始まる。

荒々しい愛の行為の擁護
ダイヤモンドが一瞬で窒息し
麻痺の心地よさが場所を変える。

イプノスの手帖（抄）　1943–44執筆、『イプノスの手帖』1946

アルベール・カミュに

イプノス〔ギリシア神話の眠りの神〕は冬を捕え、冬に花崗岩の外衣を着せる。冬は眠りを手に入れ、イプノスは火となる。その続きは人間たちの領分だ。

1　可能なかぎり有能になることを教えるのは、目的に到達するためだが、向う側に行くためではない。向う側は煙に包まれ、煙のあるところには変化がある。

2　ものごとの結果という先例に居座るな。

3　現実を行動にまで導け。一輪の花が幼い子らのまだ酸っぱい口に軽くふれるように。絶望したダイヤモンド（人生）の認識は言葉にできない。

（…）

5　私たちは誰にも所属してはいない、私たちの知らないあのランプの金点〔黄金が凝固する温度〕以外には。私たちにたどりつけないこの点は勇気と沈黙をいつも目覚めさせておくのだ。

6　詩人の努力は昔からの敵を誠実な対立者に変えることをめざしている。実りあるすべての明日はこの企ての成功にかかっている。とりわけ、五大陸の風が詩人の心を深淵から吹く風に引き渡すところで、あらゆる種類の船の帆が翻り、翻り、破壊される場合には。

（…）

42　彼の運命を決定した二度の銃撃の間に、彼は一匹の蝿を「マダム」と呼ぶ時間があった。

43　それが婚礼だったか弔いだったか、毒薬だったか飲み物だったか、美だったか病だったかを決める口よ、あの苦さと苦さを隠す甘さはどうなったのか？

44　友人たち、空と陸の果てで、雪が雪を待っている。単純で純粋な仕事のために。

（…）

46　行為は処女のままだ、たとえ繰り返されても。

（…）

48　私は恐れない。ただめまいを感じるだけだ。敵と私の距離を縮めなくてはならない。敵と同じ平面で向かい合うのだ。

（…）

51　相手をその起源の土地から引き剝がすこと。成功を果たせなかったのだから、未来の調和が見込まれる土地に相手を移しかえること。相手に進歩を実感させること。それが私の巧みさの秘訣だ。

235　苦悶（骸骨と心臓、都市と森、汚物と魔術）が砂漠全体にひろがる、見かけは敗者だが勝利者のような苦悶、無口な、言葉の支配者、すべての男性を例外なく支配する女性、そして人間を。

237　私たちの暗闇の中に、美〔女〕のために一つの場所があるのではない。すべての場所が美〔女〕のためにあるのだ。

図書館が燃えている*（抄）

ジョルジュ・ブラックに

1956

　この大砲の口から雪が降ってくる。それが私たちの頭の中の地獄だった。同時に、私たちの指先でそれは春だった。新たに許された走り、愛する大地、繁茂する草。

精神もまた、あらゆるものごとと同じように震えた。

鷲は未来の空に。

魂を関わらせるすべての行動は、魂がそのことを知らないとしても、結局は後悔の気持ちや胸の痛みをもつことだろう。そのことに同意しなくてはならない。

　書くと言う行為が、どのようにして私に訪れたのか？それは冬、部屋の窓ガラスについた鳥の羽のようだった。暖炉ですぐに熾火（おきび）が争ったが、現在まで火はまだ燃え上がらない。

（…）

私を麻痺から目覚めさせ、詩を始動させ、古い砂漠の辺境へ（砂漠に打ち勝つために）私を投げ込むことができるのは、私の同類、私の伴侶や仲間しかいない。他のものにはできないことだ。天上界にも、特権を与えられた土地にも、人びとがわくわくするようなものごとにも。

人は、自分と世界についてごく小さな誤解なしに、最初の数語についてごくわずかな無邪気さなしに、一篇の詩を始めることはできない。

詩の中では、すべての、あるいはほとんどすべての語が、そのいちばん初めの意味で用いられなくてはならない。切り離されて多義的になる語もあるが、それらの語は記憶喪失者になる。こうして、孤独なツグミ座〔ソリテール〔隠者と鳥の学名の両義。ウミヘビ座と天秤座の間に設定された星座で現存せず〕〕が天空に拡げられた。

詩は私から死を盗むだろう。

なぜ粉砕された詩なのか？ なぜなら、故国へ向かう旅の果てに、出生以前の薄暗さと地上の硬さを経たあとでは、詩の有限性は光であり、生きることによる生への貢献だから。

詩人は彼が発見するものごとを記憶にとどめず、それを書き写したあとで、すぐに見失ってしまう。そのことのうちに、詩人の新しさ、詩人の無限そして詩人の危うさがある。

私の職業（メチエ）は最前線で闘う職業だ。

（…）

美〔女〕はその極上のベッドをひとりだけで支度して、男たちの間に数奇な名声を築く、彼らの傍で、だが彼らから離れて。

葦（アシ）の種を蒔き、丘の葡萄を摘み取ろう、私たちの精神の傷口の縁で。残酷な指、用心深い手、〔精神という〕この悪戯好きな場所は栽培に適している。

発明する者は、発見する者とは逆に、ものごとにつけ加えたり、人びとにもたらしたりしない。もろもろの仮面と、〈現実と想像の〉中間の状態と、一本の鉄の瓶以外には。

（…）

硬質のかたちを持つあの水の流れに面して（そこでは緑の山のすべての花がほどけた花束になって通過する）、時間たちが神々と結婚する。

新鮮な太陽、私はそこにつながる蔓草(ツル)だ。

＊「図書館が燃えている」は、第二次大戦中の対独レジスタンス闘争でラジオ・ロンドンから南仏の抵抗部隊のアレクサンドル大尉（シャールの変名）に伝えられた、落下傘で降下しコンテナを奪回する作戦の暗号指令。（訳注）

解説

ルネ・シャールは一九〇七年年六月十四日、フランス南部プロヴァンス地方の小都市リル＝シュル＝ラ＝ソルグで生まれ、一九八八年二月十九日、パリで八十歳で歿した。身長一九二㎝で（シャール未亡人に確認済）、二十世紀に名を残した詩人としてはおそらく最長身。父は石膏業者で生地の市長を務めたこともあり、シャールは広大な屋敷で幼少期を過ごしたが、十歳で父が死ぬと家計は苦しくなった。アヴィニョンの高校からマルセイユの商業学校に進む頃から文学に熱中、ヴィヨンからボードレール、マラルメ、ランボー、ロートレアモンらの詩を熟読、一九二六年第一詩集『心に響く鐘』出版、二九年故郷で雑誌「メリディアン（子午線）」を刊行し、リルに近いラコストに城があったサド侯爵の書簡を掲載。

一九二九年第二詩集『武器庫』出版、エリュアールに献呈したことから、シュルレアリストとの交流が始まり、同年十二月パリで運動に参加、雑誌「革命に奉仕するシュルレアリスム」創刊に関わり、ブルトン、エリュアールと『作業中徐行』出版。またエリュアールらと南仏からスペインを訪れ、同行したガラ（当時エリュアールの妻）がダリのもとに残るきっかけとなった。シャール自身もこの時出会ったジョルジェットと三二年に結婚（四九年離婚）。一九三四年には詩集『持ち主のないハンマー』を刊行するが、内部抗争に嫌気がさしてシュルレアリスムから離反、帰郷し一時石膏業者の団体役員を務める。この頃からピカソやツァラと交友、ツァラの妻のグレタ（後に離婚）と交際し、彼女からヘルダーリンやハイデガーについて知識を得たという。

第二次大戦中は対独レジスタンスの武装組織で活動、落下傘部隊の指揮官を務める。この間代表作『イプノスの手帖』執筆（四六年発表）。戦後はカミュ、ブランショ、バタイユ、ハイデガーらと交流。『早起きの人々』（五〇年）、『列島状の言葉』（六二年）などを刊行し、二十世紀フランスを代表する詩人の一人としての声価を高め、作品がドイツ語、英語、日本語などに翻訳された。八七年マリー＝クロード（二〇〇七年来日）と再婚、数か月後に心臓発作で他界した。

シャールの詩は窪田般彌、飯島耕一、吉本素子（『シャール全詩集』）らによって邦訳されているので、今回はシャールの代表作というより彼が詩と詩人の使命について書きとめた詩篇に絞っていくつか選んでみた。「ラスネールの手」から「狩猟の気候あるいは詩の達成」までは『持ち主のないハンマー』中の「正義の行動はかき消された」中の詩篇（詩集の題名は「打ち手なき槌」などと訳されるが、シュルレアリスムの語感を反映してみた。ブーレーズの同名の曲は「主なき槌」が定訳）。ツァラは三四年版序文で「表現されたことと表現不可能なことが対決する極限状態」の詩と評している。『イプノスの手帖』はレジスタンス闘争の時期に書かれたが、序文には「この覚え書きはみずからの義務を意識したヒューマニズムによる抵抗を表している」とある。L'acte est vierge... は著名な一行で、窪田訳では「行為はみずみずしい……」だが vierge（処女）の語感を残してみた。『図書館が燃えている』は注記参照（シャールが当時の闘争を再現した短編映画がある）。「新しさ」と「危うさ」についての詩人の言葉は示唆に富んでいる。♠

レーモン・クノー

樫と犬　詩で書かれた長編小説（抄）

『樫と犬』1937

1

私はルアーヴルで生まれた、とある二月の二十一日
一九〇三年のことだ。
母は裁縫用品店主で、父も同業だった。
彼らはよろこんで跳びはねた。
訳がわからなかったが、私は不当な扱いを受け、
とある朝、貪欲で愚かな女のもとに
託された。乳母だった。
彼女は私に乳房を差し出した。
（…）
フランスの没落の模範のような一人息子で、
甘いボンボンを吸って育ったが、
その頃両親は金まわりが良く、
パナマ運河会社の債権（ボン）を
三％の利息付きで買っていた
（…）
私はずっと子どもっぽくて、
長い鉄道線路や波の上で踊る船を
念入りに描いた。
（…）
学校では線を引いたり数字を書いたりを習った、
鼻くそをほじくりながら。
（…）
ルアーヴルのリセは素敵な建物で、
一四年〔一次大戦〕にはとても立派な病院になった。
〔小学校の〕女の先生には息子がいて、
彼女は息子をひどく鞭打ち、彼は泣いた。獣！
私はあの尻を見てぞっとした。
（…）
私の善良で大切な両親、私はどれほどあなたたちを愛し
　ていただろう、あなたたちの死を思って私は涙した。
きっとその時、私はあなたたちが死ぬことを願ったのだ。

（…）
私は恐怖と不可解な不安に圧倒されて
子ども時代を過ごした。
（…）

2

私は長椅子に寝そべって、
私の人生を語り始めた、
私が自分の人生だと思いこんでいたことを。
私の人生について、私は何を知っていたのか？
（…）
私は夢の話をする。
一人の男と一人の女が
河沿いを歩いている。
一匹のワニが
彼らのあとをつける、犬のように。
このワニ、それが私自身だ。
私は犬のように従順だ。

（…）
私は従順？　それとも反抗的？
（…）
夢の話がありすぎてどこから始めていいのか、
私の夢は何年も続く。
私の夢は無数に増える、
話し方、聞かせ方によって。
（…）
詩（ポエジー）は死んだ、神秘は死にかけている、
と私は言った。
（…）
樫、樫については何も言うことはない。
でも樫は真夜中に歌をささやく。
ベッドの足をかじる。
鼠、鼠については何も言うことはない。
（…）
犬、犬については何も言うことはない。
それはため息、それは叫び。
それは痙攣、大騒ぎ。

都市、都市については何も言うことはない。
心、心については何も言うことはない。
けっして壊されない沈黙の
かけらを耳の聴こえない男が掃除する。
太陽、ああ怪物、ああゴルゴン、*ああメデューサ、*
ああ太陽。

神の沈黙。太陽は悪魔だ。この逆転をどうして説明できるだろう?
太陽の中で悪が君臨する、
悪霊たちはそこで業火を燃やす。
(…)
樫と犬、それが私の二つの名前だ。
その語源は複雑なので、
神々と悪霊たちの前で
どうして名前を隠しとおせるだろうか?

犬は、骨の髄まで犬だ、
破廉恥〔シニック。本来は犬の形容詞形〕で粗野だ。
——子どもの頃、私は裏通りで
二匹のフォックステリアの交尾を見た。

樫のほうは、高貴で大きく
たくましくて強大だ。
樫は緑で、生き生きとして
高くそびえ、勝ち誇っている。
(…)
樫の枝は天をめざして伸びる。
(…)
犬は地獄へ降りていく。
樫は立ち上がる——ついに!
(…)

*見た者を石に変える怪物の姉妹(訳注)

3　村祭り

それは、とてもとても大きかった、彼らの歓びの心の歓
　びは。（…）
パンパンパンパンパンパン
その時老人の息子が地面に座って尻を叩いた。
（…）
太陽と月が一緒に天空を進む
歌え、踊れ、もっと、
真新しい季節の仕事が始まるまで。

携帯版宇宙進化小論（抄）

『携帯版宇宙進化小論』1950

第六の最後の歌

猿（またはその従兄弟）が　猿が人間になった
人間はその少し後で原子（アトム）を解体した
（…）
原子から水晶まで　バクテリアから鹿まで
藻類から紫陽花まで　北京原人から糸車〈を使う人間〉
　まで
それぞれの生物界は他種目混合競技（オムニウム）的な行程を走破した
人間の擬態は自動人形（オートマット）に通じている
飛び立つのは蠅かそれともアヒルの糞か
不動の神々を動かすことが芸術の幼年期だった
タクシータクシータクシー　歩行者よ汝の歩数を数えよ
（…）
やがて巨人の翼が羽ばたきはじめ
北極と南極の間のすべての角距離を通過する
水が水車へと向かい　潰し砕き
屑にして粉にして鋸で切って臼で碾（ひ）き槌で打つ
鉱山の口と畑の犂が新たに出現した種に糧を与える
（…）
その時隠花植物の研究で工場がキノコのように増殖し
タービンモーターの技術が分娩されると
機械による単為生殖が行動を産むアイディアを着想する
（…）

自動車に自転車に金物のたぐい
長距離バスに潜水艦に蓄電器
金属のクリップにコーヒー沸かし器
アイロンに送風機
大砲の弾栓抜きブルドーザー
麻薬連発拳銃ストーブ
ラジオ洗濯機冷蔵庫
家電製品のたくらみのままごと遊びは終わらない
家庭用品や道具の輸送手段レピーヌ発明コンクール
大メーカーの遊び的新製品（ガジェット）のたくらみ
セレニウム元素から目玉が開き扉さえ開けられるから
階段が立ち去るとサーモスタットがため息をついて
変速機のスピードが主導権を握る
二匹の亀が引力で動き出し
反発力で行ったり来たり
計算のできる蜥蜴〔計算機〕は重すぎて摺り足で
タブロイド新聞や算盤や定規を押し潰す
彼らの母は選別機（ソーター）父は二進法
エレクトロニクスの叔父さんは鷹の眼で

皆がうろたえてあの控えめな選手〔計算機〕を称賛する
彼らは二足歩行動物〔人類〕が打ち立てた記録を軽く破
　ったのだ
計算のできる蜥蜴と二足歩行動物を治療しよう
二足のほうだって計算も会話も世話も治療も知っている
計算のできる蜥蜴と二足歩行動物を治療しよう
彼らはそれでも計算も会話も計算も会話も治療も治療も
会話も計算も計算も計算も計算も計算も計算も計算も
治療も治療も治療も治療も治療も治療も
会話も会話も会話も知っている
計算のできる蜥蜴について話すことを知っている
そして話そう

解説

レーモン・クノーは一九〇三年二月二十一日、セーヌ河河口の港町ルアーヴルに生まれ、一九七六年十月二十五日、パリで七十三歳で歿した（Sally Mara の変名も使用）。生い立ちは「樫と犬」冒頭のとおりで、ルアーヴルのリセ（サルトルが教えたこともある）からパリ大学（ソルボンヌ）文学部に進み、哲学と数学を学んだ。その後、社会科学高等研究院でコジェーヴのヘーゲル講義を受講し、講義録を編集する。一九二五年頃、アルジェリアとモロッコでズアーヴ兵として従軍しアラビア語に親しみ、言語の本質への関心を深める。

学生時代から『シュルレアリスム宣言』発表直後のシュルレアリスムに関わり、二八年にはブルトンの最初の妻シモーヌ（二一年ヴァレリーが立会人で結婚、二九年離婚）の妹ジャニーヌ・カーンと結婚、二九年三月の「シャトー街の集会」（ドーマルら「大いなる賭け」グループ排除を決定）にも参加したが、当時のコミンテルン支持の政治的傾向と相容れず三〇年にバタイユ、デスノス、レリスらとブルトン批判の文書『死体』を公表。その後は反スターリン主義者スヴァリーヌの雑誌「社会批判」などに協力した。職業としては、三八年に有力出版社ガリマール書店に入り、校正係から始めて五〇年代にはプレイヤッド版百科事典の編集長を務めた。五〇年に知識人の世界的結社である「コレージュ・ド・パタフィジック」にも加盟している（ボードリヤールらも後に加盟）。

最初期の作品には三三年の小説『はまむぎ』（*Le chiendent*）、三七年の長篇詩『樫と犬』（*Chêne et chien*）があり（どちらにも chien が入っている）、代表作は『文体練習』、『人生の日曜日』、ルイ・マルによって映画化された『地下鉄のザジ』などで、邦訳も多い。一九六一年の詩集『百兆の詩篇』は長篇詩の各ページを一行ずつ切って製本したもので、開き方で無数の組み合わせが可能（初版本を寺山修司が所有していた）。

今回は、あまり紹介されていない自伝的長篇詩『樫と犬』と、地球の誕生から人類の出現をへて計算機が登場するにいたる過程を独自の解釈で描いた『携帯版宇宙進化小論』を（全六部の最終部だけ）訳出した。♠

フランシス・ポンジュ

三つの詩（抄）

『十二篇の小品』1926

1

千の血迷った野獣の
圧倒的な群れが押し寄せて
太陽はもう
理性のモニュメントしか照らさない。

彼らにできるだろうか、
汚れた地区の育ちの悪い彼らに、
母親、兵隊、
そしてバラ色の幼い女の子

彼らにできるだろうか、できるだろうか、
通過することが？　酔っ払いよ、跳べ、
そして撃て、撃て、殺せ、
自動車を撃て！

蠟燭（ブジー）

『物の味方』1942

夜は時折奇妙な植物を活気づかせ、そのほのかな光が家具付きの部屋を影の塊に分解する。

その金色の葉は真っ黒い花の芯をつうじて真っ白い小円柱のくぼみに平然とおさまっている。

みすぼらしい蛾たちが森をおぼろに包む高すぎる月よりこちらを好んで集まってくるが、たちまち火で焼かれるか、たがいに争って疲れはて、すべての蛾が茫然状態に近い狂乱に襲われる。

けれども蠟燭（ブジー）は、本のページの上に明かりを揺らめかせ、独特の煙を発散して読者をはげます——そして最後には受け皿に身をかがめ、その養分の中で溺れてしまう。

牡蠣

『物の味方』1942

牡蠣は中くらいの丸い小石の大きさで、手触りはもっとこわばっていて色も一様ではなく、白っぽく光っている。そこは頑固に閉じられた世界だ。だから、牡蠣を雑巾でくるんで、刃こぼれして滑りの悪いナイフを使って、何度も試みる必要がある。中が見たくて先を急ぐと指先を切ったり、爪を傷つけたりすることもある。荒っぽい仕事なのだ。牡蠣の殻に打撃を与えると、そこには光の輪のような白い円ができる。

殻の内部はまさに別世界で、飲んだり食べたりのための場所だ。貝の真珠色の層は（文字どおり）天空となっており、その下では、上空の天が殻の中の天の上に陥没している。そこには小さな水たまりと、ねばねばした緑色の小袋しか、もう作られることはなく、黒っぽいレースのような縁取りのある小袋が殻から流れ出して、嗅覚と視覚を刺激する。

時々、ごくまれに、真珠層の喉の部分に本物の真珠ができることがあり、見つけた人はその場で自分を飾り立てる。

ドアの愉しみ

『物の味方』1942

王様はドアに触らない。

だから、王様はあの幸福を知らない。なじみのある大きな板をそっと、あるいは乱暴に押してから、もとに戻すために板のほうをふりむく——つまり、ドアを抱きしめるのだ。

……部屋の背の高い障害物のひとつであるドアの腹を、陶製の節〔ノブ〕で握りしめることの幸福。それは、この全身のすばやいぶつかりあいをつうじて、一瞬歩みを止めて眼を見開き、体全体をこれから入るアパルトマンに順応させるという幸福だ。

心を決めて板を押し戻し、室内に入る前に、親しげな手で、彼はまだドアを押さえている――やがて、力強い、だが滑らかなバネのカチッという音が、彼を安心させる。

『物の味方』1942

蝶

植物の茎の中で熟成した糖分が、洗い残したコーヒーカップの底のように花びらの奥に現れる時――地面の上では蝶たちが変態のたいへんな努力をして、すぐにでも飛び立とうとする。

けれども、どの青虫も目がくらんであたりは真っ暗に見え、羽根が突然左右対称に拡がって現れる大事件によって、胴はやせ細ってしまう。

その時から、蝶はふらふらと飛んで、まるで行き当たりばったりにしか止まれなくなる。

火を噴いて飛ぶマッチ棒だが、その炎は燃え移らない。それに、到着が遅すぎたので、蝶は満開の花たちを確認するほかはないが、それでも構いはしない。照明係（ランピスト）の役を引き受けて、蝶はそれぞれの花のランプのオイルの残量をチェックする。蝶はすっかり衰えて自分の着ているぼろ服を花たちの上に置くことで、茎のふもとで暮らした青虫の長いこと続いた無力感と屈辱感に復讐するのだ。

役に立たない花びらとなって、風に虐待される空中の小さなヨットのように、蝶は庭をさまよい続ける。

『物の味方』1942

火

火には順番があって、まずすべての炎が一定の方向にむかう……。

(火の歩みに例えられるのは動物の動きくらいだろう。火はひとつの場所を離れたら、別の場所に位置を占める必要があるのだ。火の歩みはアメーバのようでもあり、キリンのようでもあり、首を伸ばして跳び上がり、足をつけて這いまわる）……

それから、火の塊が手ぎわよく倒れ込むと、そこから順番に出てくるガスがまとまって、蛾の誘導路に変わる。

ひとつの貝殻のためのノート（抄）　『物の味方』1942

貝殻は小さなものだが、それを見つけた場所に戻して、砂の拡がりの上に置くことで、大きくすることができる。私はまず一握りの砂をつかんで、指の間からほとんどすべてがこぼれ落ちてから、手のひらに残ったわずかな砂を観察する。まず数粒の砂を見まわし、それから、ひとつずつ観察してみると、どの砂粒も手のひらの上ではもう、小さなものには見えなくなる。するとやがて、証拠品であるあの貝殻、牡蠣の殻や巻貝、あるいは「ナイフ貝〔マテ貝〕」が、巨大で貴重な一大モニュメント、それも、アンコールワットやサン・マクルー教会〔複数あるがルーアンが著名〕やピラミッドのようなまぎれもない人間の創造物以上に不思議な意味合いを伴うモニュメントとして、私に強い印象を与えるだろう。

その時、おそらく海の波にまた覆われてしまうこの貝殻には生き物が棲んでいたことを私が思い出し、そんな生き物を殻に入れて、海面下数センチのところに戻すことを想像して見るなら、私の印象が再びどれほど大きく、強烈なものになるかは、諸君の推測のとおりだ。この印象は、私が先ほど連想したモニュメントのうちでいちばん目立つものの印象とも異質なものだろう。

（…）

三軒の店　『物の味方』1942

モーベール広場〔パリ5区、朝市が開かれる〕に近い、毎朝早くバスを待つ辺りに、三軒の店が並んでいる。宝石店、薪炭〔燃料〕店、精肉店だ。店を順番に見まわして、私は金属や宝石、石炭や薪、肉の塊などのふるまいを観察する。

金属類に眼を止めすぎないようにしよう。それらは泥やある種の混合物を人間が暴力的に分割した行為の結果に過ぎず、その材料自体に変身願望があったわけではない。宝石にも注目しすぎないことだ。それらはめったにない物なので、自然が公平に組織されていることに関する議論のなかでは、言葉を慎重に選んでごくまれにしか語らないことが求められる。

　肉のほうは、眼に見える震えやある種の恐怖と共感が、私に最大の慎重さを要求する。それに、切りたての肉片には独特の蒸気や煙のヴェールが掛けられて、〔動物の殺戮という〕本来は破廉恥な状況を立証しようとする眼を覆ってしまう。断末魔の動物の様子について、すこしだけ注意を喚起したかったので、私は言えるだけのことは言ったつもりだ。

　だが、薪と石炭を眺めることは、手軽で節度があり、確実な歓びを感じるきっかけとなる。この歓びを私は人々とわかちあいたいものだ。そのためには、おそらく何ページも費やさなくてはならないだろうが、ここでは半ページしか余裕がない。だから、さしあたり次のような瞑想の主題を提案するにとどめておこう。

　1・複数の方向を持つ部分〔ヴェクトル〕で占められる時間は、死によってつねに復讐される。

　2・茶色。茶色は炭化作用の過程で緑色と黒色の中間なので、薪の運命はまだ――最小限であっても――ある種の〔生の〕ふるまいを含んでいる。つまり、まちがえたり、つまずいたり、あらゆる誤解が可能なのだ。

『プロエーム』1948

言葉の未来

　日常という織物、私たちがそこにとどまって読みこむあたりまえの名詞はシーツで覆われているが、それらについては、自分の頭文字が大きな分厚い布に打たれた鋲のように、そこで光ってでもいなければ、もはやたいしたことは気づかないだろう。

　けれどもいつか、天空に突き出された腰が覆いに反逆し、風が直腸を補完するように吹き抜け、下腹部の森が地面にこすりつけられるだろう。やがて、西を向いた膝から最後の日光の恵みの留め金が外れる。

　その時、美しい薄明の中で、身体が言葉を覆うシーツから外に出て、すべてがあらわになる。ヘラクレスの母の乳房から乳を飲むためのお椀が見つかった！〔アルクネーメーはゼウスと交わりヘラクレスを出産〕

解説

フランシス・ポンジュは一八九九年三月二十七日モンペリエで生まれ、一九八八年八月六日南仏のバール・シュル・ルーで八十九歳で歿した。一家は裕福なプロテスタントで、生後間もなくアヴィニョンに移ったが、十歳の頃父の転勤でノルマンディのカンに移住、文学と哲学に興味を抱きバカロレアまで過ごす。第一次大戦に志願し病気除隊後再入隊、一九一九年にパリでエコール・ノルマル入学をめざすが口頭試問で不合格となる。大戦後、家族から離れてカンとパリで自由な生活を送る。この頃から執筆開始、二二年に著名な批評家で文芸誌「NRF」の重鎮ジャン・ポーラン（南仏出身）と出会って文学に乗り出し、二六年『十二篇の小品』を出版。

一次大戦末に社会党に入党するなど若い頃から政治的関心があったが、三〇年代にはその傾向を強め三七年フランス共産党に入党（四七年離党）。また、生活のためにアシェット出版社の運送部門の仕事に常勤で従事、一日数十分しか文筆の時間がなかったという（組合代表となりストを指導して三七年解雇）。この頃の生活体験が『物の味方』に反映している。シュルレアリスムとの関係については、晩年のインタビューで『第二宣言』前後の集会には参加したこともあるが、運動からは距離を置いていたと述べている。第二次大戦中は対独レジスタンスに参加、作家全国委員会（CNE）の活動に関わり、シャールやツァラと親しくなる。戦後『プロエーム』、『表現への熱狂』（五二年）、『大選文集』（六一年）、『牧場の工場』（七一年）などを刊行、戦前の作品も含めてサルトル、カミュ、ソレルスらに評価され、フランスを代表する詩人の一人として国際的な声価を高め、受賞歴多数。

『十二篇の小品』は若きポンジュの反抗的感性が詩の冒険と重なっている。『物の味方』は、日常的事象を比喩的表現と絶縁して物の側＝党派（Parti）から言語化した代表作で、詩的言語の新たな地平を拓いた。『プロエーム』は詩（ポエム）と散文（プローズ）という形式的区分を超える提案で、『物の味方』とともに「物の厚み」の実感にもとづいている（これら二著は二〇年代から執筆されたが、出版社の理解不足もあり四〇年代に刊行）。♠

アンリ・ミショー

夢と脚　哲学的文学的エッセー（抄）

『夢と脚』1923

眠り：全面的な無意識の状態。
夢：四肢や内臓や皮膚の、断片的で間歇的な部分的意識の状態。
夢：眠っている人間の大部分のうちの、目覚めた小部分。

＊

脚は知的である。すべてのものと同じように。でも、脚は人間のように思考するわけではなくて、脚のように思考する。

脚は愚かではないから、油やシャボンの泡の上を歩いたりしないいし、刺繍を縫ったりしようとはしないだろう。

脚の論理というものがある。

でも、上院議員の集まりや女性参政権論者の会合、あるいは私有地に行く時、脚は裸で出かけるだろう。大衆も風景も、脚には興味がない。それは脚には関係がない。

人間の一部分の論理は、人間の全体にとっては不条理である。

夢の特徴：夢は不条理だ。（…）

過去-の-私（抄）

『過去-の-私』1927

私は取り憑かれている。私は過去-の-私（キ・ジュ・フュ）に話しかけ、過去-の-私が今の私に語る。（…）彼は私に鉄のペン先付きのペンを取らせ（そのほうが注意深くなれるから）、私は以下の言葉を書き取った。（…）

「魂は人間そのものだ。それは居場所や形を変えることができる。注意深さは習慣であり、魂の唯一の機能である。感覚と思考は魂が形を変えたものであり、物体（オブジェ）の等価物である。君の場合、君はモミの木を見て、モミの木を思う。

「それは君がモミの木になったからだ。少なくとも君の魂の一部分がモミの木になったのだ。葉がとがって、幹と樹液がある、ほんもののモミの木だ。私たちはある人間の幻影(ファントム)を外部に投影して、肉や眼や血液の循環や炭酸ガスや象牙の握りのあるステッキ付きで、離れた場所に再現することができるのだ」。(…)

「ぼくは死にたくない」と、過去-の-私は言った。

「ぼくは死にたくない」、でも彼は懐疑的だ! そんなわけで、私たちがどうして思いちがいをしていたか、私たちにはどうして多くのことがらが足りないのか、わかるだろう。私たちは長編の創作(ロマン)を書きたいのに、少しばかり哲学を書いてしまったのだ。ひとは自分の皮膚の下で、ひとりぼっちではない。

『エクアドル――旅の日記』1929

次元の危機

いや、ぼくはすでに他のところで言ったことがある。

この地球はそれ自身の悪魔祓い(エクソシズム)を洗い流してしまった。もし百年後になっても、別の惑星と関係することができなければ(だが、それは可能だ)、人類は滅びるだろう。(その時、地上の世界では?)もう生存の手段がなくなって、ぼくたちは分裂し、戦争し、あらゆる悪事を働くだろう。地球という殻の上には、もうとどまっていられないだろう。ぼくたちは次元のせいで死ぬほど苦しむだろう。自分たちが奪われた次元の未来のせいで。なにしろ、人類は飽きるほど世界一周の旅をしてきたのだから。(こんなことを考えるぼくは、四流の精神の持ち主だと軽蔑されるだろう。それは覚悟している)。

『夜動く』1935

夜動く(抄)

1

突然、静かな寝室の碁盤目のタイルの床にしみが見えてくる。

その時、羽根布団が叫び声を上げる。叫び声を上げて跳び上がる。それから、血が流れる。ベッドのシーツが湿って、なにもかもが濡れてくる。衣装戸棚が乱暴に開き、中から死体が出てきて、ばったり倒れる。たしかに、楽しい場面ではない。

でも、小さなイタチ（ベレット）を打ちのめすのはある種の快楽だ。そう、それからイタチをピアノの上に釘付けにしなくてはならない。どうしても、そうする必要があるのだ。花瓶に釘付けでもいいが、花瓶が耐えられないので難しい。難しいのは残念だ。

ドアの板がもう一枚のほうにくいこんで、もう離れなくなる。衣装戸棚のドアが閉まる。

そうなると退散だ。何千人もが退散だ。あらゆる壁面から、泳いで逃げ出そう。なにしろ、数が多すぎた！

白い個体が集まった星、それはいつも輝く、輝く……。

『夜動く』1935

段階（抄）

昔、ぼくはぼくの不幸を飼っていた。邪悪な神々がぼくから不幸を取り上げた。でも、その時神々は言った。

「その代り、この男に何かを与えよう。そうだ、そうだ！　どうしても、何かを与えなくてはならない」。

ぼく自身も、はじめはこの何かしか目に入らなかったから、ほとんど満足していた。ところが、彼らはぼくの不幸を取り上げた。（…）

そして、それだけでは足りないかのように、彼らはぼくのハンマーと工具を取り上げた。ハンマーも工具も、もっとずっと軽いものに取り替えられてしまい、そんなわけで、ぼくの工具は次々と消えて、ついに釘さえなくなった！　その時の消え方を思い出すと、今でも開いた口がふさがらない。（…）

そして、それだけでは足りないかのように、彼らはぼくの鷲を取り上げた。ぼくの鷲はいつも一本の古い枯れ木にとまっていたのに、神々は枯れ木を引っこ抜いて、生きている、元気な木を何本も植えた。すると、鷲は戻ってこなかった。

それから、彼らはぼくの稲妻を取り上げ、ぼくの爪を剝がし、ぼくの歯を引き抜いた。

神々は、温めて孵すための卵をぼくに与えた。

そこにある（抄）

そこにある
　一つの誠実な魂、一つの変幻自在の状況がそこにある
一人の男がやって来る、一つの空を照らす松明
そして頭の付いたスコップ！
そして、オップ、頭の付いたスコップ！

そこにある
そこにある（…）
兵隊がそこにいる、千人の兵隊が
百万の兵隊がそこにいる
「彼は行くだろう」がそこにある
「彼は行くだろう」が
「彼は戦争に行くだろう」が
大蛇のような一つの国がそこにある。

「フォンテーヌ」44号、1945

同一の人間

あれは私の息子だろうか？
屋根が震える。
あれはお前の父だろうか？
犬が私の頭蓋骨の中で吠える
ああ、不可分な単一性！（…）
同一の人間が「ノン」と言う
同一の人間が沈黙する　同一の人間がまっすぐ進む
同一の人間が生まれる　同一の人間が皺寄る
同一の人間が勝利する　同一の人間が崩れ落ちる
同一の人間が恐れる　同一の人間が恐れの種を蒔く
（…）
同一の人間が死んだ
（…）
同一の人間と宇宙

「フォンテーヌ」44号、1945

解説

アンリ・ミショーは一八九九年五月二十四日ベルギー南部のナミュールで生まれ、一九八四年十月十九日八十五歳でパリで歿した。ベルギー出身の詩人で、画家としても著名（一九五五年フランスに帰化）。実家はブリュッセルの裕福な帽子製造販売業者。イエズス会の学校で学んだが大学には行かず、一九二〇年に水夫として航海に出る。その頃ロートレアモン『マルドロールの歌』に影響を受け文学を志し、一九二二年に最初の著作『循環性の狂気の症例』を発表、二〇年代にアヴァンギャルドの雑誌「ディスク・ヴェール」に寄稿、パリに移住して、シュペルヴィエル、ジャン・ポーラン、クロード・カーアンらと交流、二九年に『私の所有地』を刊行し注目される。二〇年代末から三〇年代にかけて、エクアドル、中国、日本等々を旅行、『アジアの野蛮人』などを出版し、当時の日本については「民衆は自分たちの島と仮面と因襲に囚われている」と書いている。

一九三五年に代表作『夜動く』出版、夢と無意識の思索を透明な言語でイメージ化し、運動には加わらなかったがシュルレアリスムの実践者とみなされた。この頃アルゼンチンでボルヘスと出会っている。また「プリューム」という別人格を作り出し、独自の精神世界の構築者として知られた。第二次大戦後、幻覚作用のある薬物に興味を抱きメスカリンを体験、七二年に『みじめな奇跡』出版。画家としては、書道を思わせる抽象的で幻想的な特異な作品を残し、パリのポンピドー・センターやニューヨークのグッゲンハイム美術館にも所蔵されている。今回は「循環性の狂気」の実践とも言えるミショー・ワールドへの導入として、まず最初期の『夢と脚』、『過去-の-私』を選んだ。後者は人間存在の多重化が描かれ迫力がある（ソレルスのコメントと朗読の映像がウェブサイトで見られる）。次にミショーの世界的旅行者の体験として『エクアドル』、「痕跡を残す者は傷口を残す」と述べた内的冒険者への接近として『夜動く』を紹介した。「イリヤ」と「ル・メーム」は一九四五年雑誌「フォンテーヌ」に掲載後、プレイヤッド版『全集』（二〇〇一年）まで再録なし。♠

ジャック・プレヴェール

帰郷

ブルターニュ生まれのひとりの男が
いくつか悪事をした末に故郷に帰る
ドゥアルヌネの工場の前をぶらぶらするが
知った顔はひとつもない
誰も彼が分からない
彼はとても悲しくなる。
クレープを食べようとクレープ屋に入るが
食べることができない
何かが邪魔して喉を通らない
彼は金を払い
外に出る
彼は煙草に火をつけるが
吸うことができない。
何かがある
頭の中に何かがある
何か悪いものがある
彼はますます悲しくなる
そして突然　思い出す
小さい頃　誰かが言ったのだ
「お前は死刑台で死ぬだろう」と
何年も何年も
彼は何も思い切ったことができなかった
道を渡ることも
海に出ることも
何も　本当に何も。
彼は思い出す。
全てを予言したのはグレジヤール叔父さんだった
グレジヤール叔父さんはみんなに不幸をもたらした
ちくしょうめ！
ブルターニュ生まれの男は妹のことを考える
妹はヴォージラールで働いている
彼は戦争で死んだ兄のことを考える
自分が見てきた全てのことを考える

『パロール』1946

自分がしてきた全てのことを考える。
悲しみが胸を締めつける
彼はもう一度
煙草に火をつけようとする
でも　吸いたくない
そこで　グレジャール叔父さんに会いに行くことにする。
彼はそこに行く
扉を開ける
叔父さんには彼が分からない
でも　彼には叔父さんが分かる
彼は言う
「こんにちは　グレジャール叔父さん」
彼は叔父さんの首を絞める
そしてカンペールの死刑台で死ぬ。
クレープを二ダース食べ
煙草を一本吸った後で。

『パロール』1946

家族の

母親は編み物をしている
息子は戦争をしている
彼女はそれを当たり前だと思っている　母親は
じゃあ父親は　父親は何をしているのか？
彼は商売をしている
妻は編み物をしている
息子は戦争
彼は商売
彼はそれを当たり前だと思っている　父親は
じゃあ息子は　じゃあ息子は
息子は何を思っているか　息子は？
彼は何も思っていない　全く何も　息子は
母親は編み物をしている　父親は商売　彼は戦争
戦争をし終えたら
父親と商売をするだろう
戦争は続く　母親は続ける　彼女は編む
父親は続ける　彼は商売をする

息子は殺される　彼はもう続けない
父親と母親は墓地に行く
彼らはそれを当たり前だと思っている　父親と母親は
人生は続く　編み物　戦争　商売とともに人生
商売　戦争　編み物　戦争
商売　商売　商売
墓地とともに人生。

「レ・カトル・ヴァン」5号、1946

猫と鳥

村中が悲しんで聞く
傷ついた鳥の歌を
それは村にただ一羽の鳥だった
それを半分食ったのは
村にただ一匹の猫だった
そして鳥はもう歌わない
猫はもう鼻を鳴らさない
鼻面をぺろりと舐めることもしない

村は鳥のために
素晴らしい葬式をする
猫もまた招かれて
小さな藁の棺の後ろを歩く
中には死んだ鳥が横たわり
少女の手で運ばれる
彼女はずっと泣いている
こんなにも君を悲しませると分かっていたら
俺は残さず食ったのに
そして君に言ったのに
鳥が飛んで行くのを見たよ
世界の果てまで飛んで行くのを見たよ
彼方へと　そこはあまりに遠いから
戻っては来れないんだと
そうしたら　君の痛みはもっと少なく
悲しみと後悔だけですんだのに

何事も中途半端はいけないよ。

解説

ジャック・プレヴェールは一九〇〇年二月四日ヌイイ=シュル=セーヌで生まれ、一九七七年四月十一日ブルターニュ地方のオモンヴィル・ラ・プティットで七十七歳で歿した。二〇年に兵役につき、イヴ・タンギー、マルセル・デュアメルと親友になり、除隊後もモンパルナスのシャトー街五四番地に家を借り、共同で暮らす。二五年にデスノス、マルキーヌを招待したことから、そこはシュルレアリストの拠点となった。プレヴェールは「優美な死骸」の遊戯を考案し、居合わせたブルトンを驚嘆させた。三〇年に反ブルトンのパンフレット「死骸」の一面に「ある男の死」を載せ、運動から離反。その後「ビフュール」誌、「ドキュマン」誌に協力した。

三二年から劇団「ショック・プレミス」の劇作家となる。やがて劇団は「十月」(ロシア革命の月)と名称を変え、三三年には労働者劇団の代表としてソ連で開かれた演劇祭に出場。三六年に劇団が解散。三八年にはマルセル・カルネ監督の映画『霧の波止場』(ジャン・ギャバン主演)でシナリオを担当。四〇年六月、占領下のパリを逃れて南仏に移る。同じくカルネ監督と組んだ『天井桟敷の人々』の撮影は四三年八月にニースで始まり、解放前後のパリで続けられた。訳出した詩「帰郷」の初出は、「貨物室」誌第七号(三七年)だが、『天井桟敷の人々』の副主人公ラスネールと同様、父親から断頭台での死を予言された十九世紀の大犯罪者ピエール・ラスネールがモデル。四六年の映画『夜の門』でも、プレヴェールが描く登場人物ギイは、口にした「轢死」という言葉に導かれるように、自ら列車に飛び込む。いずれも、予言、つまり発せられた言葉に人生が追いついてしまうのである。

四五年、プレヴェールは様々な雑誌に散逸していた詩をまとめ、ポワン・ド・ジュール社から『パロール』として出版した。彼の第一詩集である。四八年にラジオ局の二階から転落して重傷を負うが、奇跡的に回復。その後も『スペクタクル』(五一年)、『月のオペラ』(五三年)、『雨と晴天』(五五年)、『物語と他の物語』(六三年)など多数出版。また彼の詩にコスマが曲をつけ、「バルバラ」、「枯葉」などの多くのヒット曲が生まれた。◆

ヴァランティーヌ・ペンローズ

ゴア I

『月にある草』1935

全てを作り出す大地　石を作り出す大地
緑と赤のそれは横たわる　穀粒を作り出す大地
おまえの蝕まれた歯と歯の間で大聖堂が呻く
黴びた土地の隅にはバナナの木々があり
インド女がカトリックの井戸で衣を絞っている。

ポルトガルは漆喰の渦巻に肘をつき
ヤシ油の塗られた萎びた指を聖水に差し出す
金箔の祭壇の上を転がるモンスーンによって
水びだしにされた回廊の奥で。

すべての鏡を持つ大地
すべての窓を持つ大地
おまえは緑と赤の歯の中にポルトガルを持つ

それから真珠層とネズミを。
　　　　おまえの棕櫚の葉腋は
香りを持ち　虚空はそれを後ろに放る
インド女のおまえの黒い乳房はそれを作っては壊す。
おまえの金色の衣を着て　すべての蠟燭を掲げた
悔悛して死んだ者たちのポルトガル油
密林の聖具室に崩れ落ちた宝石
ペスト　そしてマンティーラを被った粉々の漆喰は
モスリンを張りめぐらした南の部屋で
おまえが休んでいる間に
　ここで調和する。

何を見ているの　私は自分の娘たちを見ているの
何を見ているの　私は母たちを見ているの
私は自分の娘たちを　茎を見ているの
苦い繊維を嚙むのを見ているの
私は自分の娘たちを　石を見ているの
カトリック教会の上

それから　真っ赤な顔の者たち　おまえの兄弟たちが
石の納屋に吊るされるのを見ているの。

そして　年老いた女親である私は
マンティーラも被らず　ここに置いていかれた
硝石と銀
修道士たち　通いの司祭たち　ここ
私　あらゆる大地　こうして私は生きている。

『月にある草』1935

ゴア　Ⅱ

穏やかな天を流れる乳の川の上に
布のひだと切れ目が舞い上がる
岸辺で手を合わせ　目はほとばしり
聖なる女たちは泣きながら　軽やかな風の中を走る。

けれども正面壁はカナリア諸島へ行ってしまった
蠍と蛇から繊細な香りが立ち上る

北の壁際でバナナが黴びる時
ゴアでは聖なる女の布が腐る。

陶器は味わった
香辛料の利いた回廊で
苦しんでいるおまえの象牙を
粉々になった漆喰の中にある骨の
おまえの比類なき英雄的な美を。

私は風について語ろう　おお　世界を覆う葉の屋根よ
私は夜について語ろう　ヒマラヤ杉について語ろう
生まれる前の遺跡について
山々の地層に圧縮された　あの子どもたちについて語ろ
う
ねじれてそこにいる小人たち　私たちはその息子だ
至る所で心臓を撃たれて。

敗北し　後退し　再び困難を越えて
私たちは味わいのあるサーカスに戻ってきた

ここでは祖先と憂いある美の聖油が
玄武岩の表面に静かに塗られている。

私はおまえから盗み返す　母たちの眠れる井戸を
サーカスを　そこでは過去は過ぎ去り　名づけられ
黒い乳房の大女が夜の乳の流れの中で
黄金色の虚無に食べ物を与え　思い出させようとする。

私は思い出し　自らの腕の中に戻ってくる
豹のように優しい古い鉱脈を汲みながら
サーカスの奥で回りながら　そこでは可能な空が
その重い魔法をいまだ手放していない。

硫黄の新たな蒸気
星々の新たな蒸気
黄金色のもの
保たれているもの
　保たれるであろうもの
それを揺らせ　おお偉大な女よ　それを揺らせ！

解説

　ヴァランティーヌ・ペンローズは一八九八年一月一日ランド県に生まれ、一九七八年八月七日英国サセックスで八十歳で歿した。一九二五年に英国人シュルレアリスト、ローランド・ペンローズと結婚。二九年には、「シュルレアリスム革命」誌最終号のアンケート「愛について」に、五四人中唯一の女性として回答した。三二年からインドに五か月滞在。彼女のインドへの愛着は、詩篇「ゴア」に顕著である。三五年、第一詩集『月にある草』を出版。エリュアールはその序文に「ヴァランティーヌが他の語ではなく、ある一つの語を使う時、そこには何のためらいもない」と書き、彼女の詩にオートマティスムを見出している。三六年から四一年まで、画家パーレンの妻アリス・ラオンと共にカルカッタのアシュラムで過ごす。三九年に離婚。四四年には自由フランス軍に志願し、アルジェリアの戦線でパリ解放を知った。
　小説に『エリジェーベト・バートリ、血の伯爵夫人』（六二年）がある。夫ローランド、マン・レイ、エルンスト、写真家リー・ミラーが彼女の肖像を残した。◆

クロード・カーアン

サディスティックなユディット（抄）

『ヒロインたち』1925

一人の女が歩いている、勝者の陣営に向かって！……

翼のない一羽の鳥、巣から落ちた一羽の小鳥が私の足元にいる。私は跪き、（それは生きている！）、手で包む。それは母親のお腹より、赤茶色の苔の先や、そっと集められた絹の糸くずより、さらに柔らかい綿毛だ。恋に狂ったあなたは、身を守ろうともしないで、おとなしく、おとなしく……。それはほとんど安心しており、私の熱っぽい脇の下よりも暖かい。私はそれを小脇にぎゅっと挟む——ああ、生えたての羽の気持ちのいいこと！……さあ！……私はもう少し強く挟む——落ちないように、それがかっと燃え、冷えていき、痙攣するのを、体に感じるために——そして、それは死んでしまった！……

（…）

悪いのはあなたよ！　どうして私のことを見抜けなかったの？　どうして私を死刑執行人に引き渡さなかったの？　私は一層あなたを愛するでしょうに。そして喜んで死んでいったでしょうに。私はあなたに勝者になって欲しかった。でもあなたは自ら敗けてしまった！……

こんな非難が何になる？　彼は私の話を聞いていない。聞くことができない……

一人で、なぜ彼に勝てたのだろう。（ホロフェルネスよ、私はもうあなたを愛したくなかったのかしら？）

（…）

兄弟たちがやって来た！　彼らは何も恐れない。全く彼らにはうんざりだ。祖国、すなわち魂の牢獄！　閉じ込められて、私は少なくとも、格子というものを見ることができた、格子の間をも……

（…）

人民よ！　私とおまえの間に何の共通点があるというのか？　私の個人的な生に上がり込み、私の行為を評価して美しいと言ってみたり、（これほどに弱く、疲れ、永遠なる餌食である）私におまえの忌まわしい栄光を与えることを、一体誰が許したのか？

しかし、彼女の言葉は全く理解されず、聞かれもしなかった。群衆の歓喜は千の口を持つが、耳を持たない。

＊ユディトはアッシリアの将軍を敵陣で殺したとされるユダヤの美女。（訳注）

『ヒロインたち』1925

美女（抄）

ミノトール〔牛頭人身の怪物〕へ

野獣よ、私に嘘をついたわね。おまえは怪物ではない。たいへんな苦労をして、お前の醜さに慣れたのに。おかげで愛の力をみんな使ってしまったわ。もううんざり。反対向きにだって、同じ道は通らない。たとえそれが帰り道であっても。（…）野獣を一度味わってしまうと、ああ、人間は何てまずいのかしら。おまえの死んだ関節、爬虫類の粘膜に私は夢中だった。

でも、行ってしまう前に、私に別の怪物の、本物の怪物の住所を教えておくれ、お願いだから。

止まれ（アレット）！止まれ（アレット）！

未発表詩篇、1943

カメレオン氏は喉に骨（アレット）を持っている
　ノコギリのギザギザのついた骨
ふたこぶラクダが彼にはお似合いだ！
　「そうだ、それがピッタリだ」
ヘビ商人のところの乾燥肉をお試しあれ　彼は黙って
　クサリヘビを飲む
こっそりと毒に体を慣らしているのだ
　すると　すっかり武装した小人たちが彼の内臓を
　取り出す
垂直の魔術があまりに美しいリフレインなので
　私は恋人たち用の浮枕子を使って水平に進む
　足にわずかな重しと
　翼にわずかな粉をつけてやれば十分だ
私の体
　ほんの少し　おまえの体のくぼみに
　おまけをしてやるには
私たちが世界と手足を投げ込んだこの坩堝（るつぼ）が
　残りは残りとして

永遠にその毛布からはみ出るにつれ　はみ出るにつれ
這い登るこのベッドが増えるにせよ
　人間の貧困を長く揺らすであろうヒルガオが育つ
　にせよ
急いで隠せ　墓地の中に
おまえのインド諸国のトランクを　おまえのエチオピア
の肩かけを　おまえのレーヨンのパレスチナを
おまえのたくさんの約束の地を　おまえの造形的自由を
　おまえの自由の幼魚を
　おまえのあらゆる過去の影を
そして　棺桶がいつまでも半開きのままだとしたら
　官僚たちの尻を鉄砲で撃たなければならない
生や死を愛する者たちの列車は
　吹聴されていた生とは別の生の列車は
あの列車に乗れない者たちの列車は
仕方なく濃霧の中に落ち込んで
それでも汽笛を鳴らし　先の夢は見ないのだ

解説

　クロード・カーアン（本名リュシー・シュオッブ）は一八九四年十月二十五日にナントで生まれ、一九五四年十二月八日ジャージー島で六十歳で歿した。画家のシュザンヌ・マレルブと少女期に出会い、生涯の同性のパートナーとなる。一四年に「風景と幻影」、二五年に「ヒロインたち」を「メルキュール・ド・フランス」誌に発表。セルフポートレートも制作し、『無効の告白』（三〇年）でフォト・モンタージュとして使用した。三二年以降、シュルレアリスム活動に参加し、「コントル＝アタック」の企てに共鳴。三六年には「オブジェのシュルレアリスム」展に出品。ブルトンのロンドン行に同行し、シュルレアリスム国際展に協力した。

　三七年に英仏海峡のジャージー島に移住。二次大戦中レジスタンスに参加し、四四年七月逮捕。四五年五月に釈放されるが、ゲシュタポによって多くの作品が失われた。四六年に焼却を免れた「止まれ！止まれ！」を見つけ、写しをブルトンに送るが、発表されなかった。その後パリでの活動再開を願いながら、同島で客死した。◆

ジゼル・プラシノス

関節炎のバッタ

私は方々に休む場所を探した
　いいですとも
肌の上の円をつかまえることもできずに
　それよりも
私はタールを塗った線路を見つけた
　こう言わなきゃ
私の花は最初の蕾をなくした
　けれども笑って
私はボンボンで雌牛を突いた
　そのための物じゃないよ
それは栗色の紙のブラウスだと言った
　私は持っていない
私はフライパンの中にインクを吐いた
　もしも私の心が

『関節炎のバッタ』1935

書くための消しゴムを味わいながら
　何という苦しみだろう
私は麻疹(はしか)の持つ麩(ふすま)を食べた
　叫ばずに
それからお腹が一杯で私はパイプを詰めた
　靴の紐がほどけているよ

『関節炎のバッタ』1935

愛の詩

　玉虫色の絨毯の影で、ああ！　優しい幻視者の女よ、なぜ私の心の細い繊維を選り分けたのですか。あなたは私の魂の中央結社の、本能的でよそ者の点滅に気づかなかったのですか。貞節な品行は、とりわけ人を苦しめる秘密だと思いますか。

　健全な私のまなざしは、もうあなたの暗い瞳の乾いた影響で、途切れたりしないでしょうか。

　いいえ、そうではないし、今後も違います。なぜなら奇妙な器官の持つ満場一致の能力に、私は社会の目を注いでおりますし、予言的機関の一般的優位性をもってしても、あなたの心が私の心を運命づけることはないと分かっています。

だから、畏敬と糸つむぎをあなたに手向けながら、私はでたらめに、このぎしぎしいう言葉を申します。「意味を恐れましょう」。

「ミノトール」6号、1935

悲劇的な熱狂（抄）

（…）

天気が良いので、彼女は嬉しくなって歌う。

「私はクルトンが好き
素敵な友達
手探りの私の心
コウモリ」

毎朝七時四十五分に編み棒のうちの一本を引き抜き、場所を変えるのを彼女は習慣としている。そこで、彼女はやるべきことをやり、もしも控えの間のたんすが茶色なら、刻みハーブの入ったマスタードの小瓶を買いに本屋に行かなくてはと考える。

さて、彼女は服を着る。彼女はあまりに空腹なので、両足の痺れがとれる。

八時二十五分、めりめりという音が聞こえ、サイドボードに乗った一切れのメロンがはがれ、信じられないような小人が出現する。小人は両耳の代わりに雌馬のまぐさ棚を持っていた。指は中央で切れていたが、彼の手は彼自身と同じくらい大きかった。

両目の間がとても近いため、まるで一つ目のようになり、その目から三本のセルロイドの櫛の歯が出ていた。

さて、小人は踊りながらサイドボードから降り、老婆の前にやってきた。この光景を見て、彼女は顔を真っ赤にした。彼女の目はレモンジュースの光に輝き、髪の小さなリボンが舞い上がった。

彼女は少しかがんで小人を腕に抱え、唐突に口に放りこんで飲み込んだ。

そして、彼女は裁縫箱の中のインクの栓を取りに行き、足の指親指と人差し指の間に、注意深くそれを挟んだ。

それから福音書の、

「バニラ(バニーユ)
輝く(ブリーユ)
娘(フィーユ)」

という言葉を思い出しながら、彼女はおまるの方へ行き、その上に座り、まもなく立ち上がった。十二本ある指の一本で、容器の中から櫛の歯をした小人を取り出し、彼を抱きかかえ、切ったメロンの下に戻した。

その時、長椅子の上で五匹の雌猫が動いた。老婆は堂々とソファーに座りに行った。

すると、お気に入りの猫、お腹に天窓のある小猫、孕んだ雌猫とその亭主、毛の端にポケットがついた猫、赤茶けた雌猫、青猫、五匹の赤猫は、彼女の方へと厳かに進み、こう呟きながらひれ伏した。

「あなたの家へ燃やしに行こう
美しい人よ(マベル)
あなただけを愛します
ごみ箱よ(プーベル)」

解説

ジゼル・プラシノスは一九二〇年二月二十六日コンスタンティノープルで生まれ、二〇一五年十一月十五日パリで九五歳で歿した。二二年に一家でフランスに移住。十四歳の時に書いた詩が画家の兄マルコからアンリ・パリゾへ、さらにアンドレ・ブルトンの手に渡る。彼女はカフェ・シラノに呼ばれ、ブルトン、エリュアール、ペレ、シャールらの前で自作の詩を朗読。その様子をマン・レイが撮影した。ブルトンはジゼルの詩のオートマティスム性を評価し、「ミノトール」誌、「ドキュマン34」誌で紹介。また『関節炎のバッタ』(三五年)の出版を助けた。ブルトンは『黒いユーモア選集』でもジゼルに一章を割くが、彼女は運動に参加しないまま、三九年以降はシュルレアリスム・グループから遠ざかった。

四九年にピエール・フリーダと結婚、夫妻でニコラ・カザンザキスの著作(『アレクシス・ゾルバ』等)を翻訳。五八年に自伝的小説『時は何でもない』で文壇に復帰、『苦悩に触れた顔』(六四年)等を出版。フェルトを使った造形作品も数多く残している。◆

ジョイス・マンスール

昨夜　私はあなたの死体を見た……

昨夜　私はあなたの死体を見た。
私の腕の中で　あなたは湿った裸体だった。
私はあなたの輝く頭蓋を見た
私は朝の海に押し流されたあなたの骨を見た。
ためらいがちな太陽の下　白い砂の上で
蟹たちがあなたの体を奪い合っていた。
丸々としたあなたの胸には　何も残っていなかった
でも　そんな風に私はあなたを愛したのだ
私の花よ。

『叫び』1953

あの人の死の前で……

あの人の死の前で私は卑怯だった。
私たちの生の前で私は卑怯だった。
湿った頬をしたあの人の顔は
私の意に反し　私から無償の約束を奪っていった
沈黙と叫びが　大声でわめきたてた約束。
汗をかいた私の背中　私の恐怖　私の叫び。
あの人の眼から逃れるために
私は頭を低くし　膝を折り
怯えた額で
私はあの人の苦しみを和らげた。

『叫び』1953

あなたの爪が伸びても……

あなたの爪が伸びても私のせいではない
あなたの髪が長くなっても私のせいではない
人があなたを悼まなくても私のせいではない
あなたが寒くても私のせいではない　愛しい人よ
あなたの死を私は望まなかった。

『叫び』1953

秋になって……

秋になって
私の脳は痩せてしまった
毎朝　夜明けに
私のベッドの下で甲高く鳴く
オマール海老のせいで。
秋になって
私の片目は閉じられる
固くなる
私のローズウッドの片乳房のせいで。
秋になって
私のベッドは十字架だ
私が眠っている間でさえ
命令し
笑う
あなたの体のせいで。
おお　最初の雨のために。

『裂け目』1955

私は一本の毒草マンドラゴラを……

私は一本の毒草マンドラゴラを見つけた
そこにあなたの血は注がれた
そこに私の恋人は吊るされた
そこに私はあなたの首が落ちるのを見た
そこに大地は花開いた。
転倒をとめる両腕を持たず
それは腫れた足で踊っていた
ステップは不規則だった
なぜならその影は斜視だったから。
私はマンドラゴラを抜いた
うろこ状の額には片目しかなかった
もう一方は伸びた足から垂れていた
海綿のようなその口は私を憤慨させた
でも奇妙なことに　愛する人よ
それはあなたに似ていたわ。
かつて涙を注いだ地面に
私はマンドラゴラを捨てた

『裂け目』1955

日が沈む時　マンドラゴラはまだ逃げ続けていた
踊るのを決してやめない足で。

身を乗り出したら危険

『猛禽』1960

裸で
私は鋼のひげを生やした漂流物の間に浮かんでいる
海の穏やかな鳴き声に
途切れた夢がそれらを錆びつかせていた
裸で
私は光の波を追いかける
それは白い頭蓋骨の散らばる砂浜を走っていく
無言で　私は深淵の上を飛ぶ
海の重いゼリーが
私の体にのしかかる
ピアノの口をした伝説的怪物たちが
闇の淵でくつろいでいる
裸で　私は眠る

解説

ジョイス・マンスールは一九二八年七月二十五日、エジプト人の両親のもと英国で生まれ、一九八六年八月二十七日パリで五十八歳で歿した。五三年に二度目の夫サミールとともにパリに居を定め、第一詩集『叫び』を出版。ジャン＝ルイ・ベドゥアンから「ここではあらゆるものが存在の最も暗い闇から湧き出ている」（「メディウム」誌）と紹介された後、「シュルレアリスム・メーム」誌や「ラ・ブレッシュ」誌に戦後シュルレアリスムの主要メンバーとして参加する。『叫び』と同様、『裂け目』（五五年）、『猛禽』（六〇年）では、隠し立てのない「性」がカニバリズムとも言える様相で描かれる。五九年には、ジャン・ブノワを中心とする示威集会「マルキ・ド・サドの遺言執行式」の会場に自宅を提供した。

小説や戯曲も手がけ、『充ち足りた死者たち』（五八年）などをブルトンに捧げた。ブルトンとは個人的にも親しく、連れ立って蚤の市に行くのが日課だったという。六五年『白い四角』、七〇年『それ』を発表。アレシンスキー、ラム、マッタら、画家との共作も多い。◆

エメ・セゼール

文学宣言に代えて（抄）

アンドレ・ブルトンへ

『帰郷ノート』1939

われわれの文章に厳しい顔をしても無駄だ、月よりも、お前たちの梅毒スピロヘータの顔よりバターのように柔らかい文章なのだから

われわれのために、化膿した嚢胞のお前たちの微笑のだらしなさで同情しようとしても無駄だ

デカたちよ　お巡りたちよ

（…）

われわれはお前たちが嫌いだ、お前たちとお前たちの理性が。われわれは早発性痴呆症を、燃え上がる狂気を、根強い人肉食の習慣を利用する。

数えてみよう。

忘れられない狂気

吠える狂気

眼で見る狂気

解き放たれる狂気

すえた臭いの死体の味わいはもうたくさんだ！

（…）

われわれは誰で何者なのか？　ご立派な質問だ！　憎む者、建築する者、裏切り者、ウーガン（ブードゥー教の男性の高僧、女性はマンボ）。とくにウーガンたち。われわれはあらゆる悪霊を欲するのだから。

昨日の悪霊、今日の悪霊、首枷の悪霊、耕す犂の悪霊

禁止と禁令と逃亡奴隷の悪霊

それに奴隷商人の悪霊を忘れるわけにはいかない……

だからわれわれは歌う。

われわれは歌う、怒り狂った草原で突然咲き乱れる毒の花を、塞栓症でちぎれた愛の空を、癲癇（てんかん）性痙攣の朝を、

深海の砂の白い輝きを、野獣の臭いで恐れおののく夜の
中への漂着物の下降を。
（…）
今こそ始めなくてはならない。
何を始めるのか？
始めるだけの価値のある世界で唯一のことを。
世界の終わりだ、そのとおり！
（…）
その時ほら、黙示録の騎士たち。
その時ほら、飾り抜きの葬式の葬儀屋たち、
審判抜きの最後の審判の男たち。
（…）
言葉だ！　この世界の無数の場所を手探りする時、錯乱
状態の禁欲者たちと結婚する時、煙を上げる扉を蹴破る
時、言葉だ！　そうだ、言葉だ、だが新鮮な血の言葉、
津波、丹毒、マラリアという言葉、それに溶岩、熱帯の
低木林を焼く炎、火であぶった肉、火であぶった都市
……
（…）

私は私を自分自身から隔てる卵黄膜を破り、
私に血の帯を巻きつける大きな水の流れを断つ
最後の津波の最後の大波の最後の隊列の上に私の場所を
決めるのは、私だ、私だけだ。
（…）
だからわれわれの地獄がお前たちの襟首をつかむだろう。
われわれの地獄がお前たちの痩せた骨格をねじ曲げるだ
ろう。（…）
私は死体だ、眼を閉じて、死神の薄い屋根の上で激しく
モールス信号を打つ死体
（…）
お前たちのために私は語る（…）、ある朝、ずだ袋の中
に私の言葉を詰めこみ、恐怖の子どもたちが眠る時間に、
斜めの道を選んで怪物のほうに逃げるお前たちのために。

『太陽　切断された首』1947

呪術

一切れの大地の上の空の細い切れはしとともに
愚かなお前たちはあの死んだ女の顔に息を吹きかける
お前たち　人殺しの岩の間の自由な羊歯（しだ）
孤島の果て　自分の運命に比べて大きすぎる法螺貝の間
で
正午が雌狼の嵐のような鬟に間違った切手を貼る時
無意味な科学の限界を超えて
そして一スー貨幣のように呑みこまれた島々の
古代の役人の巣の仕切り壁に口をつけて

一切れの大地の上の空の細い切れはしとともに
一スー貨幣のように忘れられた島々の予言者
睡眠も徹夜もせず指も漁師のはえ縄もなく
竜巻が通過する時　掘立小屋のパンをかじる者

愚かなお前たちはあの死んだ女の顔に息を吹きかける
ほんのわずかな豪華さ　貝には蓋がある
われわれそのものだった夏の粒のやわらかな滑り
コンゴウインコの嘴が突き刺す美しい肌
その時厳かな五芒星　こぼれた牛乳のしずくのような天
　空のクローバーが
生まれそこねた黒い神をその雷鳴で正しい位置に戻す

『太陽　切断された首』1947

車輪

車輪は人間のいちばん美しいそして唯一の発明だ
回転する太陽がある
回転する地球がある
お前が泣く時車軸の上で回転するお前の顔がある
だがお前たち時間は〈生命の〉糸車の上で回転すること
　はないだろう
血は舌を鳴らして飲む
冬のナイフで切り残した木の枝のように苦痛を尖らせる
　技術
飲まないのに酔った雌鹿が

思いがけない井戸の縁石の上に私を置く
マストを飛ばされたスクーナー船のお前の顔
お前の顔　湖の底に眠る村のような
草と一年の芽生えの日に再び生まれる
村のような

『太陽　切断された首』1947

雨

雨はお前のいちばん非難されるべき氾濫の中でも忘れなかった
〔パナマの〕チリキの若い娘たちが夜の飾りのコルサージュから心ときめく蛍のランプを不意に外したのを
雨にはすべてが可能だ
悪を知らない土地の高い木々の下で
突然不意を襲って多くの民族を殺した者たちの指に流れる
血を洗い流すことの他には

解説

エメ・セゼールは一九一三年六月二十六日カリブ海のマルチニックのバッス・ポワントで生まれ、二〇〇八年四月十七日マルチニックの首都フォール・ド・フランスで九十四歳で歿した。植民地主義・白人中心主義と闘う「ネグリチュード」（黒人としての自己証明への確信）の創出者で、フランス語圏最大の作家の一人。三一年パリに出てルイ大王高校から高等師範学校に進み、サンゴール（後のセネガル大統領）らと新聞「黒人学生」を発行、この頃から『帰郷ノート』執筆。三九年に帰郷しリセで教え、妻シュザンヌと雑誌「トロピック」を創刊、二次大戦中はヴィシー傀儡政権に抵抗。四一年アメリカ行きの途中でマルチニックを訪れたブルトンと出会い相互に評価しあう。戦後は評論『植民地主義論』、詩集『土地台帳』、戯曲『クリストフ王の悲劇』などを出版、ファノン、グリッサンらに影響を与え、政治家としても長年没地の市長を務めた。『帰郷ノート』から「文学宣言に代えて」、『太陽　切断された首』（題名はアポリネール「ゾーン」最終行による）から三篇の詩を訳出。♠

ラドヴァン・イヴシック

逆流（抄）

1941

言葉に形（フォルム）をあたえる
悲しみのようによく目立つ午後の小さな納屋の中で
何も語らないための眼
愛でさえも
羊歯（しだ）類の透明さの中で
微笑の塹壕の中で
何もない何もない沈黙のまぶたの上には
何もない小さな脚の眠りの上には
想い出のいつもますます深くなる波のうねりの中で
語群はほとんど存在しない船団になる
絶望の木の光る樹皮を頼りに
走り続けるような夜
私は熱を帯びた私の偶像を秋に捧げたりしない
私は姿の隠し方を知らない

狂ったように酔ってそれでも音楽のように赤く
遠く離れてそれでもお伽噺の泉のように軽く
新しい砂漠の笑いの中で忘れっぽくなる女（ひと）

像（イメージ）は雨の後に生まれる
それは私の愛する想いのすべて
私の愛する想いのすべてを私は君の背中に置く
二つの翼の大きな丸天井と森の干し草
ただページが集まって顔になるためだけに
絶壁の途中のあのすべてのオレンジのように
わけもなく笑っているあのすべての女たちのように
雨はおそらくゆっくりと落ちる
明け方から私は鳥を打ち落とす言葉ばかり叫ぶ
どうやって網を張ろうか
どうやって沈黙を捕まえようか
一度だけでいいから私は本当の声で話したい
もうそこにいないことで君を驚かせないように
像（イメージ）は雨の後に生まれる

霰は黄色い春の鱗のように
確実で細かい若い猿たちの緑色の動きの合間で

沈黙の池の上にひろげたそのひとの手
その指の煙が大波のための空間を取り戻す

真実ではないすべての色彩からかなり離れて
海という海は球体で
視線はますます確信を深める

残酷でさえある幸福という思想
そのひとはいつまでも排除される
真実ではないすべての色彩からかなり離れて

解説

ラドヴァン・イヴシックは一九二一年クロアチアのザグレブ生まれの詩人、劇作家、二〇〇九年パリで八十八歳で歿。祖国で発禁となった戯曲「ゴルゴダーヌ王」(一九四三年初版、六八年フランス語版出版)が著名で、ブルトンが高く評価した。旧ユーゴ時代にチトー体制を厳しく批判して非順応主義を貫いたが、五四年に偶然が重なってパリに移住、ブルトンとペレの援助でシュルレアリスト・グループに合流、ほとんどすべての企画に参加しトワイヤン、アニー・ル・ブランらと出会って終生行動を共にした。六六年にブルトンの死を看取った一人である。体調が急変してサン＝シル＝ラポピーの別荘からパリに戻るブルトンに付き添ったイヴシックは、車中でブルトンが「ロートレアモンの本当の大きさとは、どんなものだろう」と呟いたと回想している(イヴシック『あの日々のすべてを想い起こせ　アンドレ・ブルトン最後の夏』松本完治訳)。詩集に『マヴェナ』、『塔の中の井戸』(トワイヤン挿画)などがあり、二〇〇四年に『詩篇集』出版。今回の「逆流」は自動記述の作品。♠

アニー・ル・ブラン

ハート抜きのダイヤ（抄）

「ラ・ブレッシュ」7号、1964

もちろん空港では私の眼の上であなたの膝が貝殻になる
そしてすべてが眠りの黄色と青のジャケットの交差した
　腕の中に崩れ落ちる
それでも自動車が走って解決する蒼ざめた平手打ち
（…）
見世物が劇場に突入斧の火花が木のボールを分割する
ハートの大道芸人が風の進路変更で暗くなる屋根の上で
　本当に暮らしているなら
私は速度の繊維から剝ぎ取った一握りの赤い草を彼らに
　投げる
サバンナの狼女（ファム・ルーヴ）たちの熱気は怒りを含まない
でも日々の移ろいはきちんと梱包された筆記用の棒の貧
　しさと混ざり合う
（…）
私はあなたの腰の革帯に白墨で描かれた境界線の下でと
　てもあなたになりたい
あなたが帰るガラスの扉を開いて
交叉する杖の混乱の中にあなたと一緒に入って行きたい
赤ワインの壜の中で白い小石が立てる衝突音のように
白手袋をはめた三番目の指の下に生える小さな隠元豆（アリコ）の
　ように
いかがわしい裏通りの鱗の下であなたが舐めるコーヒー
　の出し殻のように
娼婦たちが寝たきりの病人に笑って投げる籠の中の悪路
　に私はとてもこだわっていたい
でもあなたの肩という椅子の脚の下にうずくまって
私は旅の騒音にまるで耐えられはしない

水の中の卵（抄）

「ラ・ブレッシュ」7号、1964

割れた窓の光を編む職工たちがわたしのために猟虎（ラッコ）の髭
　をなめしてくれる

自動車ががらがらの速度で砂漠へ走る
錆と塩のオルガンで波頭が崩れる海の曲がり角を私は振り返る
軽業師たちが赤い網なしで首を吊る黒い光線の箱の底でも視野は開けるのだから（…）
太陽がその複数の櫛を私たちの夜のモグラに突き立てる
私がしつこい舌で赤い蟻を舐め取る森の木の葉の下には死者たちの開かれた手
ひっくり返った屋根そこで私は背中に貼りついた毛皮の手袋（ミトン）を苦労して引き剝がす
あの代償快楽というあの代償で（…）
インドシトロン色の私の靴下留め（ガーター）の震える音は片足を上げないと干し草のようには刈り取れない
あなたはまだ微笑んでいる
向こうから私の猫科動物たちが白い水を染ませたぼろ布をくわえて戻ってくる
だって私が殺すから
何でもないことのために声を立てて笑うために
その時鍵は私の砕けた肩の細すぎる鍵穴に合わなくなる

解説

アニー・ル・ブランは一九四二年ブルターニュのレンヌ生まれ。一九六〇年代初めからブルトンの知遇を得てシュルレアリスム運動に参加、六四年二十二歳でブルトン生前最後の雑誌「ラ・ブレッシュ」七号に初めて詩を寄稿した。六六年ブルトン没後シュルレアリスム運動がシュステル、ジュフロワらにより「人生を変える（ランボー）企てというシュルレアリスムの本質を忘れた」（ル・ブラン来日講演の言葉）方向にむかったことを批判、七〇年代に夫のイヴシック、トワイヤンらとエディション・マントナンを設立、ブルトンの精神の正統な継承をめざす。主要著書に詩集『月の輪』、評論『換気口』、『現実の過剰について』などがあり、サド研究でも著名。二〇一六年ブルトン没後五十年を機に来日、ポエジーとは「誰もが内面に秘めている無限の欲望と最も人間的な反逆から生まれる探求」であると述べてシュルレアリスムの原則に立ち戻ることを呼びかけた。今回は上記「ラ・ブレッシュ」初出の二編の詩を訳出。最初の表題は「非情なガラス窓」の意にもなる。♠

収録詩篇原語タイトル一覧（本文掲載順）

Ibid. は同上書・年号は初版初出年

アポリネール：Guillaume Apollinaire, 1880-1918

1. Dieu, *Poèmes inédits*, 1898-
2. L'ensemble seul est parfait, *Ibid.*
3. Le poulpe, *Le Bestiaire*, 1911
4. Zone, *Alcools*, 1913
5. Le Pont Mirabeau, *Ibid.*
6. Vendémiaire, *Ibid*
7. La petite auto, *Calligrammes*, 1918
8. Photographie, *Ibid.*
9. Avant le cinéma, *Nord-Sud*, 1917
10. L'ignorance, *Il Y A*, 1925

ツァラ：Tristan Tzara, 1896-1963

1. Manifeste de Monsieur Antipyrine, 1916
2. Manifeste dada 1918, 1918
3. Le géant blanc lépreux du paysage, *Vingt-cinq poèmes*, 1918
4. Sainte, *Ibid.*
5. Printemps, *Ibid*
6. Circuit total par la lune et par la couleur, *De Nos Oiseaux*, 1929
7. Cirque, 1917, *Ibid.*
8. Chanson dada, 1921, *Ibid.*
9. *L'Homme approximatif*, 1931
10. Sur le chemin des étoiles de la mer, *Midis gagnés*, 1939
11. Une route seul soleil, *Terre sur terre*, 1946
12. Etrangère, *Parler seul*, 1950
13. *La Face intérieure*, 1953
14. Saison, *Juste présent*, 1961

ピカビア：Francis Picabia, 1879-1953

1. Revolver, *391, No. 1*, 1917
2. Convulsions frivoles, *391, No. 2*, 1917
3. Horreur du vide, *391, No. 4*, 1917
4. Magic City, *Ibid.*
5. Métal, *391, No. 6*, 1917
6. C'est assez banal, *391, No. 8*, 1919
7. Manifeste DADA, *391, No. 12*, 1920

リブモン＝ドセーニュ：Georges Ribemont-Dessaignes, 1884-1974

1. Musique, *291, No. 10-11*, 1915
2. Artichauts, *DADA, No. 7*（*DADAphone*）, 1920
3. Attente, *Raison d'être, No. 2*, 1929
4. Au poète, *Ecce Homo*, 1944

リゴー：Jacques Rigaut, 1898-1929

1. *Agence Générale du Suicide*, 1959
2. Faits divers, *Ibid.*

ノアイユ：Anna de Noailles, 1876-1933

1. *Les Vivants et les Morts, 1913*

コクトー：Jean Cocteau, 1889-1963

1. Cannes, *Poésie 1917-1920*, 1920
2. Malédiction au Laurier, *Discours du Grand Sommeil*, 1921
3. *Plain-chant*, 1925
4. À bas la terre, *Opéra*, 1927

ルヴェルディ：Pierre Reverdy, 1889-1960

1. Toujours seul, *Poèmes en prose*, 1915
2. La repasseuse, *Ibid.*
3. La saveur du réel, *Ibid.*
4. Surprise d'en haut, *La Lucarne ovale*, 1916
5. Cœur à cœur, *Ibid.*
6. L'Image, *Nord-Sud, No.3*, 1918
7. Sur chaque ardoise..., *Les Ardoises du toit, 1918*
8. La Saison dernière, *Ibid.*
9. L'Ombre et l'image, *Etoiles peintes*, 1921
10. Avant l'orage, *Sources du vent*, 1929
11. Les mots qu'on échange, *Pierres Blanches*, 1930
12. De la main à la main, *Le chant des morts*, 1948

ヴァシェ：Jacques Vaché, 1895-1919

1. Les poèmes de Tristan Hilar, *Canard Sauvage, No. 2*, 1913
2. Ma vie est un long pourrissement, *inédit*, 1914
3. À Jean Sarment, 21 août 1915
4. À André Breton, 29 avril 1917, *Lettres de guerre*, 1919
5. À Jeanne Derrien, 30 avril 1917
6. À André Breton, 14 novembre 1918, *Lettres de guerre*, 1919

7. À André Breton, 19 décembre 1918, *Ibid.*

ブルトン：André Breton, 1896-1966

1. Le manifeste du surréalisme, 1924
2. Second manifeste du surréalisme, 1930
3. Prolégomènes à un troisième manifeste du surréalisme ou non, 1942
4. Portrait étrange, *Inédits*, 1913.
5. L'Âge, *Mont de piété*, 1919
6. Éclipses, *Les Champs magnétiques*, 1920
7. Tournesol, *Clair de terre*, 1923
8. Il n'y a pas à sortir de là, *Ibid.*
9. Vigilance, *Le Revolver à cheveux blancs*, 1932
10. L'union libre, *Ibid.*
11. Guerre, *Poèmes*, 1943
12. *Les États généraux*, 1944
13. Sur la route de San Romano, *Poèmes 1948*, 1948
14. Tiki, *Ibid.*
15. *Ode à Charles Fourier*, 1947

アラゴン：Louis Aragon, 1897-1982

1. Pur jeudi, *Feu de joie*, 1920
2. Personne pâle, *Ibid.*
3. Pierre fendre, *Ibid.*
4. Isabelle, *Proverbe, No. 6*, 1921 / *Le Mouvement perpétuel*, 1925
5. Maladroit, *La Grande Gaité*, 1929
6. Poème à crier dans les ruines, *Ibid.*
7. Les yeux d'Elsa, *Les Yeux d'Elsa*, 1942
8. La rose et le réséda, *La Diane française*, 1946
9. Amour d'Elsa, *Le Nouveau Crève-cœur*, 1948

スーポー：Philippe Soupault, 1897-1990

1. Départ, *Aqualium*, 1917
2. Je rentre, *Ibid.*
3. Flamme, *Rose des vents*, 1919
4. La Glace sans tain, *Les Champs magnétiques*, 1920
5. LOUIS ARAGON, la Canule de verre..., *Proverbe, No. 6*, 1921
6. Est-ce le vent, *La Révolution surréaliste, No. 7*, 1926
7. Ode à Londres, *Odes*, 1946

エリュアール：Paul Eluard, 1895-1952

1. Poèmes pour la paix, *Poèmes pour la paix*, 1918
2. Pour vivre ici, 1918, *Le livre ouvert 1*, 1940
3. La vache, *Les animaux et leurs hommes, les hommes et leurs animaux*, 1920
4. Pâtisserie Dada, *Littérature, No. 13*, 1920
5. Max Ernst, *Répétitions*, 1922
6. Nul, *Ibid.*
7. L'égalité des sexes, *Mourir de ne pas mourir*, 1924
8. L'amoureuse, *Ibid.*
9. Nudité de la vérité, *Ibid.*
10. 152 proverbes, *Revue européenne, No. 28*, 1925
11. Leurs yeux toujours purs, *Capitale de la douleur*, 1926
12. Premièrement, *L'amour la poésie*, 1929
13. Ligoté, *Ralentir travaux*, 1930
14. Nusch, *La vie immédiate*, 1932
15. Une pour toutes, *Ibid.*
16. À Pablo Picasso, *Les yeux fertiles*, 1936
17. Mort, *Donner à voir*, 1939
18. La Liberté, *Poésie et vérité*, 1942

ペレ：Benjamin Péret, 1899-1959

1. Chaufferie mélancolique, *Ibid.*
2. En avant, *Le passager du transatlantique*, 1921
3. *Dormir, dormir dans les pierres*, 1927
4. Les puces du champ, *Le grand jeu*, 1928
5. Louis XVI va à la guillotine, *Je ne mange pas de ce pain-là*, 1936
6. Clin d'œil, *Je sublime*, 1936
7. On sonne, *Un point c'est tout, Les quatre vents, No. 4* , 1946

デスノス：Robert Desnos, 1900-1945

1. Rrose Sélavy, *Littérature, la nouvelle série, No. 7*, 1922 / *Corps et biens*, 1930
2. Un jour qu'il faisait nuit, *Langage cuit*, 1923
3. Les grands jours du poète, *Littérature, No. 12*, 1923
4. Confession d'un enfant du siècle, *La Révolution surréaliste, No. 6*, 1926
5. J'ai tant rêvé de toi, *La Révolution surréaliste, No. 7*, 1926 / *Corps et biens*, 1930
6. Si tu savais, *Ibid.*
7. Bouquet, *Youki 1930* (inédit) / *Destinée arbitraire, 1975*
8. Siramour, *Commerce, No. 28*, 1931 /*La fortune*, 1942

9. Un petit honhomme rouge..., *Le livre secret pour Youki* (inédit), 1932
10. Couchée, *Domaine public*, 1953
11. Aux sans cou, *Les sans cou*, 1934
12. Une voix, *Contrée*, 1942

クルヴェル：René Crevel, 1900-1935

1. La dame au cou nu, *Le Disque vert, deuxième série, No. 1*, 1923
2. Elle ne suffit pas l'éloquence, *Cahier GLM, No. 5*, 1937
3. Le pont de la mort, *La Révolution surréaliste, No.7*, 1926

バロン：Jacques Baron, 1905-1986

1. Bilboquet, *L'allure poétique*, 1924
2. Futur, *Ibid.*
3. Rosa Luxemburg, *Paroles 1923-1927*, 1930
4. Fin, *Ibid.*

ドゥアルム：Lise Deharme, 1898-1980

1. La cage vide, *Cahier de curieuse personne*, 1933
2. Le peintre, *Ibid.*
3. *Le cœur de pic*, 1937

4. L'Araignée du Soir, *Le pot de mousse*, 1952

アルトー：Antonin Artaud, 1896-1948

1. Post-scriptum d'une lettre à Jacques Rivière, 1924.
2. Cri, 1924
3. *Le Pèse-nerfs*, 1927
4. Le dialogue en 1928 : André Breton et Antonin Artaud, *La Révolution surréaliste, No. 11*, 1928

バタイユ：Georges Bataille, 1897-1962

1. *L'anus solaire*, 1931
2. Le tombeau, *l'Archangélique*, 1944
3. *Onze poèmes retirés de l'Archangélique*, 1943-44
4. Les maisons, *Poèmes éliminés*, 1942-45?
5. La fenêtre, *Ibid.*
6. Le masque, *Ibid.*

シャール：René Char, 1907-1988

1. La Main de Lacenaire, *Le Marteau sans maître*, 1931
2. Poètes, *Ibid.*
3. L'Artisanat furieux, *Ibid.*

4. Les Messagers de la poésie frénétique, *Ibid.*
5. Le Climat de chasse ou l'accomplissement de la poésie, *Ibid.*
6. *Feuillets d'Hypnos*, 1946
7. *La Bibliothèque est en feu*, 1956

クノー：Raymond Queneau, 1903-1976

1. *Chêne et chien, Roman en vers*, 1937
2. *Petite cosmogonie portative*, 1950

ポンジュ：Francis Ponge, 1899-1988

1. Trois poésies, *Douze petits écrits*, 1926
2. La Bougie, *Le parti pris des choses*, 1942
3. L'Huître, *Ibid.*
4. Les Plaisirs de la porte, *Ibid.*
5. Le Papillon, *Ibid.*
6. Le Feu, *Ibid.*
7. Notes pour un coquillage, *Ibid.*
8. Les Trois boutiques, *Ibid.*
9. L'Avenir des paroles, *Proêmes*, 1948

ミショー：Henri Michaux, 1899-1984

1. *Les Rêves et la jambe, Essai philosophique et littéraire*, 1923.
2. *Qui je fus*, 1927
3. La crise de la dimension, *Ecuador, journal de voyage*, 1929.
4. La Nuit remue, *La Nuit remue*, 1935
5. Étapes, *Ibid.*
6. Il y a, *Fontaine, No. 44*, 1945
7. Le Même, *Ibid.*

プレヴェール：Jacques Prévert, 1900-1977

1. Le retour au pays, *Paroles*, 1946
2. Familiale, *Ibid.*
3. Le chat et l'oiseau, *Les Quatre Vents*, 1946

ペンローズ：Valentine Penrose, 1898-1978

1. GOA I, *Herbe à la lune*, 1935
2. GOA II, *Ibid.*

カーアン：Claude Cahun, 1894-1954

1. La sadique Judith, *Héroïnes*, 1925
2. Belle, *Ibid.*

3. Arrête! Arrête!, *inédit*, 1943

プラッシノス：Gisèle Prassinos, 1920-2015

1. La sauterelle arthritique, *La sauterelle arthritique*, 1935
2. poème amoureux, *Ibid.*
3. Tragique fanatisme, *Minotaure, No.* 6, 1935

マンスール：Joyce Mansour, 1928-1986

1. Hier soir, j'ai vu ton cadavre..., *Cris*, 1953
2. J'étais lâche devant sa mort..., *Ibid.*
3. Ce n'est pas de ma faute si tes ongles s'allongent..., *Ibid.*
4. Mon cerveau a maigri..., *Déchirures* 1955
5. J'ai trouvé une mandragore..., *Ibid.*
6. Pericoloso sporgersi, *Rapaces*, 1960

セゼール：Aimé Césaire, 1913-2008

1. En guise de manifeste littéraire, *Cahier d'un retour au pays natal*, 1939
2. Magique, *Soleil cou coupé*, 1947
3. La roue, *Ibid.*
4. Pluies, *Ibid.*

イヴシック：Radovan Ivsic, 1921-2009

1. Remous, 1941

ル・ブラン：Annie Le Brun, 1942-

1. Le carreau sans cœur, *La Brèche*, *No*. 7, 1964
2. L'œuf dans l'eau, *Ibid.*

なぜダダ・シュルレアリスム新訳詩集か?

後記に代えて

1 本書刊行にあたって

本書は、二十世紀以降の文芸に世界規模で決定的なインパクトを与えたダダ・シュルレアリスムに直接あるいは間接にかかわったフランス(語)の詩人三十二人を選び、塚原史と後藤美和子が主として初出テクストにもとづき、新たに訳出したアンソロジーである。翻訳の分担は目次と詩人ごとの解説に♠(塚原)と♦(後藤)のマークで記した。訳文の統一は一部を除いて行わなかったが、詩人の解説には塚原が必要な調整を加えた(訳文中〔 〕内は訳者による注釈・補足)。各詩編には表題の下に原則として初出詩集と出版年を記したが、この年号は執筆年とは異なる場合が多い。また、巻末には詩人名と全タイトルの原語(フランス語)表記を付した。収録作品数は二〇〇編近くになる。

三十二人の内訳は、第一部「ダダと先駆者たち」がアポリネール、ツァラ、ピカビアら、一九一〇〜二〇年代から九人(コクトーやノアイユは時代の感性として)、第二部「シュルレアリスムの創成期」がブルトン、アラゴン、エリュアールら、一九二〇〜三〇年代から十一人、第三部「シュルレアリスムの展開と拡がり」がシャール、ミショー、セゼールら、一九二〇〜六〇年代から十二人であり、ジェンダー別では男性が二十五人、女性がドゥアルム、マンスール、カーアン、ル・ブランら七人で、従来の訳詩集に比して女性詩人の割合を高めた(下記飯島耕一訳詩集では女性はマンスール一人、窪田般彌訳ではゼロ)。また、リゴー、バロン、プラシノスら日本ではあまり知られていない詩人にも注目し、さらにツァラとブルトンの宣言やヴァシェの手紙などの散文も加え、三十二人にそれぞれ略伝的な書下ろしの解説を付したので、ダダ・シュルレアリスム(再)入門的性格も持つように配慮してある。

2 なぜ新訳詩集か?

最初に確認しておこう。ダダ・シュルレアリスム

Dada/Surréalisme が二十世紀最大の前衛的な、つまり時代に先駆けて未知の精神や感性を提案した文芸運動であり、その領域が文学、思想、美術、演劇、写真、映画、音楽、社会運動など、きわめて広い範囲にわたっていたことはいうまでもないが、ダダの創始者トリスタン・ツァラ（1896-1963）も、シュルレアリスムの主導者アンドレ・ブルトン（1896-1966）も、二人とも詩作から彼らの芸術活動を始めたことが示すとおり、この運動は何よりもポエジー Poésie とポエティック Poétique を起源としていたのだった。

ここでポエジーが詩と詩作を指すことはもちろんだが、ポエティックとは、詩を書いて発表するだけではなくて、ツァラが一九三一年に「詩を一行も書かなかったひとでも詩人になれる」（「詩の状況に関する試論」）と述べたような広義の詩的行為や思惟の表出も含んでいるから、二十一世紀の今日でも、私たちはダダ・シュルレアリスムを領域横断的で新鮮な詩的実践として位置づけることができるのだが、その上でなお、ツァラとブルトンが一九一二年、十六歳の高校生時代に、どちらも筆名（ルーマニアのツァラはサミロ、パリのブルトンはルネ・ドブラン）で最初の詩篇を発表し、その後最初の世界戦争と危機の時代をへて二度目の大戦と戦後の困難な時代を生き抜いた二人が終生詩人であり続けたことを想起するなら（モンパルナス墓地のツァラの墓石には POETE と刻まれている）、彼らにとって「詩人」であることはダダイスト、シュルレアリストとして生きるための本質的な前提だったのである。

だからこそ、一九一六年の最初のダダ宣言以来一世紀の時が流れた現在、ダダ・シュルレアリスムへの接近あるいは再接近を試みるひとには、文学と詩的言語への関心が直接のきっかけの場合はもちろんだが、日常生活のさまざまな場面でもっと気軽に、美術展やコンサートに行く前でも、気ままな、あるいは慌ただしい旅の途中でも、聞き慣れた言語を変貌させる未知の体験にふと心惹かれたなら、ぜひこの詩集を開いて、ダダイストやシュルレアリストが後世の私たちに書き残した詩を読んでほしい、そんな思いから新訳詩集の構想は生まれている。

というのも、過去を振り返ると、本書で取り上げた詩人たちの作品を含む単行本の邦訳アンソロジーは案外少なく、『シュルレアリスム詩集』と題する著作は一九六九年の飯島耕一訳・筑摩書房版くらいで、題名には出てこないが事実上のダダ・シュルレアリスム詩集である窪田般彌訳・思潮社版『フランス現代詩19人集』も同年の出版だった（増補版の『29人集』は一九八四年刊、訳詩以外に西脇順三郎を含む）。その後は、一九七八年に小海永二訳・弥生書房版『現代フランス新詩集』（以後改版）が出た程度で、飯島、窪田訳から数えれば六十年近くもこの種の邦訳詩集が刊行されていないことになる。その間「ダダ詩集」の出版もなかったから、本書は意外にも（!）「ダダ・シュルレアリスム」を冠した最初の邦訳アンソロジーなのである。

3 「新訳」の射程──文学と美術を通底する現代性のために

今回のアンソロジーを「ダダ・シュルレアリスム新訳詩集」と題したのはそうした出版事情を背景にしているが、「新訳」にはそれ以上の具体的な意味作用がこめられている。

たとえば、アポリネール『動物誌』（一九一一年初版）中の「蛸（Le poulpe）」（本書一九頁）最終行を私たちは「あの非人間的な怪物、それこそは私だ」と訳したが、堀口大學旧訳では「この不人情な怪物は僕だ」（新潮文庫版『アポリネール詩集』一九五四年初版）となっている。フランス語原文では Ce monstre inhumain, c'est moi-même だから、inhumain 以外には訳文に疑問の余地のない一行なのだが、じつはこの形容詞こそは、アポリネールが一九一三年の評論集『キュビスムの画家たち 美的省察』で、新しい時代の芸術の特徴を指して用いた語なのである。彼はこう明言していた──「なによりもまず、芸術家とは非人間的（inhumains）になろうとする人びとである。彼らは非人間性の形跡を苦労して探し求める。それは自然のどこを探しても見つからない形跡なのだ」。

この評論の対象がピカソを先頭とする「キュビスムの画家たち」であることから、ここで「非人間的」とは、アポリネールによれば、画家の作品中の「主題の不在」（絵画に主題は不要だ）、「対象との類似の否定」（絵画は外界や人物の模倣ではない)、そして「新しい自然としての機械の礼賛」(機械や自動車や工場やモダン都市などの新しい「自然」を描く芸術)のことを指していたから、「非人間的」が「不人情」といった古風な情緒ではなくて、時代の最先端に位置するアヴァンギャルド芸術の本質的な特性を示す表現だったことは、容易に理解できるだろう。そして、この「非人間的芸術」の主張が、従来とくに日本では「ミラボー橋」の抒情的恋愛詩人として受容されてきたアポリネールのラディカルな思想家としての容貌を際立たせている以上、新訳では「非人間的」以外の選択はあり得なかったのである。

ところで、ダダイズム、シュルレアリスムと聞いて多くの人びとが思い浮かべるのは、日用品を転用したデュシャンの異物的レディメイドや、現実の表面を剝ぎ取ったようなダリの不安な絵画、つまり「モダンアート」の美術作品であり、それらは世界中の消費社会で頻繁に開催される美術展で容易に実物を目にすることができるし、ダダ・シュルレアリスムの多くの画集や写真集も出版され、ネット上にはそれらのイメージが氾濫している。だが「文学」のほうは、ツァラの『ダダ宣言集』(塚原訳、光文社古典新訳文庫)、ブルトンの『シュルレアリスム宣言・溶ける魚』『ナジャ』(巖谷國士訳、岩波文庫)、『狂気の愛』(海老坂武訳、古典新訳文庫)などが比較的容易に読めるとはいえ、その他のダダ・シュルレアリスムの代表的な文学作品の邦訳は図書館や古書店でしか見つからないことが多く、それらを手に取って読み解くのはかなり勇気と努力の要る行動かもしれない。二十世紀最大の芸術運動といっても、数年ごとにダダやシュルレアリスムの回顧展が開催される美術に比べて、文学は圧倒的に旗色が悪いのだ。

このような事情は文学作品に原語で接近することの困難性にも起因するが、それだけではなくて、ブルトン自身も第二次大戦後に、シュルレアリスムは世界的に有名になったのに自分の著書はそれほど売れていないと版元のガリマール書店の社長に愚痴をこぼしていたほどであり、こうした状況は文化の主要な媒体が旧来の印刷言語から無限に増殖するデータ=イメージへと移行した「現代」という時代の特徴を、色濃く反映しているといえるだろう。
この種の「現代性」は、だが潜在的には、ダダ・シュルレアリスムの詩篇がすでに先取りしていたものでもあって、ダダの悪名高い「傑作」である一九一七年のデュシャン「泉」（あの白い陶製便器）とほぼ同時期の一九一八年に、ツァラがチューリッヒで発表した詩集『詩篇25』（アルプ挿画）には「泉」以上に強烈な、こんな異様な言語＝イメージが出現していた。

ああ　花崗岩に変身して固すぎて重すぎて母親には抱けなくなった新生児　結石手術をする医者の歌が膀胱の石を砕いて　医者はそこにリラの花と新聞紙を突っこむ
（「聖女」、本書三五頁）

さらに一九三〇年代には、ダリの三一年の「記憶の固執」や三七年の「燃えるキリン」を暗示するかのように、ブルトンは『白髪の拳銃』（限定版はダリのエッチング付き、一九三二年）で、危機の時代の超現実的で不気味なイメージをみごとに言語化していた。

すると家具たちは同じ大きさの動物に場所を譲り兄弟のように私を見つめる
ライオンのたてがみの中では椅子が燃え尽き
鮫の白い腹はシーツの最後の震えと合体する
（「警戒せよ」、本書八八頁）

これらの実例が示すとおり、ダダ・シュルレアリスムはもともと文学と美術が一体となって展開した運動だったのだから、本書に訳出した詩を読むひとは、詩句の展開を絵画や造形作品の記憶（あるいは予感）にだぶらせて、新しい発見を楽しんでいただきたい。気がつくと、訳詩の行間からはエルンストやミロからラムやバロへと、ダダ・シュルレアリスム美術のイメージが立ち現れてくるだろう。そんな魅惑的な体験に本書が役立つことを訳者は期待している。

4　アンソロジーとジェンダー――女性詩人群像

すでに見てきたように、本書は三十二人の詩人の二百ほどの作品を集めたアンソロジーであり、それぞれの詩人の代表作以外にも、日本で未紹介のものや近年になって見出された未発表詩を積極的に取り上げている。三十二人のうち、ノアイユ、ドゥアルム、ペンローズ、カーアン、プラシノス、マンスール、ル・ブランの七人は女性であり、すでに触れたとおり、女性詩人を既訳書より多く取り上げたことが本書の特色の一つである。アンドレ・ブルトンは一九四四年の評論『秘法十七』で、「「女性の体系（le système féminin）」に属するあらゆるものを、男性の体系に対して最大限に優先させること、女性の諸々の能力にひたすら力を貸すこと、判断や意志を働かせるやり方において、女性が男性と違うあらゆる点を称賛し、さらにそれを大切に我が物とすること」を「世界の破廉恥な現状に対抗するための」芸術家の務めとして強調した。シュルレアリスムが追い求めたものは詩と芸術の奥深い秘密であり、女性詩人たちは上位の「女性の体系」に属することで、この探求へのイニシエーションをすでに一つ終えていることになる。

ここで、七人の女性詩人を手みじかに素描すれば、アンナ・ド・ノアイユは収録詩人の中で最も早い一八七六年生まれ、リーズ・ドゥアルムとヴァランティーヌ・ペンローズはともに一八九八年の生まれである。ペンローズの「ゴアI・II」を読むと、彼女の言葉の純度の高さ、オートマティックに現れる言葉とイメージを最後まで追い、一つの作品を書き切ることに成功したその圧倒的な筆力に驚かせられる。一八九四年生まれのクロード・カーアンはセルフポートレート写真が知られているが、本書ではジェンダーを越境する彼女が、神話や昔話の女主人公に扮して物語を語り直した『ヒロインたち』と、希少な未発表詩を紹介した。一九二〇年に生まれ、十四歳でブルトンに見出されたジゼル・プラシノスの詩は、「愛の詩」の最後に「意味を恐れましょう」とある通り、大人たちの解釈を拒む。一九二八年生まれのジョイス・マンスールは第二次大戦後のシュルレアリスム運動の中核であり、端正な文体で生と死の過剰なイメージをとらえた。一九四二年生まれのアニー・ル・ブランは、ブルトンと活動を共にしたシュルレアリストの最後の世代に属する。ブルトン没後五十年の二〇一六年秋に来日したが、彼女の作品と発言にはシュルレアリスムの根源につながる黒いユーモアが常に底流している。
ダダ・シュルレアリスムの試みは、「詩人」の概念も含め、あらゆる既存の価値を手放すための手段となった。詩人たちはジェンダーの境界を越えて、自らの働きかけによって広大で自由な共有地に降り立ち、刷新された未知の言葉を持ち帰ったのだ。

（後藤美和子）

＊

ここからがごく短い、やや大げさな後記になるが、このアンソロジーが二〇一六年というチューリッヒ・ダダ百周年、アンドレ・ブルトン没後五十年の節目の年に、西欧圏から遠く離れた極東の国で出版されることは、高橋新吉や中原中也、西脇順三郎や瀧口修造らがすでに一九二〇年代からダダ・シュルレアリスムの困難な実践を試みてきた私たちの歴史を振り返るなら、日本のアヴァンギャルド芸術・文化が新たな共感者を得て新時代へと継承発展されるための、ささやかではあるが意義深い試みのひとつなのではないだろうか。それは周年ごとの儀礼を越えて、過去のアヴァンギャルド詩篇を現代詩としてよみがえらせる企てでもあるのだ。なお、編集の最終段階でアニー・ル・ブランと東京で出会うという「客観的偶然」に恵まれ、彼女のご厚意で最晩年のブルトンを知るル・ブラン自身とイヴシック（Radovan Ivsic）の詩を収録することができた。この場を借りてル・ブラン氏（Madame Annie Le Brun）に深く感謝したい（装丁について付言すれば、表紙のアノニマスな指紋は過去の痕跡が時空を越えて蘇生するイメージにも見えてくる）。
本書刊行にあたり、思潮社編集部の出本喬巳さんにはビュオ著『トリスタン・ツァラ伝』（塚原、後藤訳）に引き続き、企画、編集から校正、出版まで、いつもながら大変お世話になった。また小田久郎氏の長年にわたるダダ・シュルレアリスムへの深い理解と共感がなければ、ダダ百年、ブルトン没後五十年というまたとない機会にこの新訳詩集は実現しなかっただろう。改めて厚く御礼申し上げたい。

二〇一六年十一月　塚原 史

訳者略歴

塚原 史（つかはら・ふみ）

早稲田大学名誉教授。著訳書に『反逆する美学』（論創社）、『ダダ・シュルレアリスムの時代』（ちくま学芸文庫）、『アヴァンギャルドの時代』（未來社）、ツァラ『ムッシュー・アンチピリンの宣言』（光文社古典新訳文庫）、ベアール『アンドレ・ブルトン伝』（共訳、思潮社）、ビュオ『トリスタン・ツァラ伝』（共訳、思潮社）、ゲール『ダダとシュルレアリスム』（共訳、岩波書店）など。

後藤美和子（ごとう・みわこ）

詩人、早稲田大学講師。著書に『評伝ジャック・ヴァシェ』（水声社）。詩集に『極地』（書肆山田）、『大地の黄身』（書肆山田）。訳書にビュオ『トリスタン・ツァラ伝』（共訳、思潮社）、シリュルニク『妖精のささやき』（共訳、彩流社）など。

ダダ・シュルレアリスム新訳詩集

編訳者
塚原史、後藤美和子
発行者
小田久郎
発行所
株式会社思潮社
〒一六二—〇八四二　東京都新宿区市谷砂土原町三—十五
電話〇三（三二六七）八一五三（営業）・八一四一（編集）
FAX〇三（三二六七）八一四二
印刷・製本
三報社印刷株式会社
発行日
二〇一六年十二月二十日　第一刷
二〇二三年三月二十五日　第二刷